CHEVALIER DE L'ORDRE DU MÉRITE

Sylvie Testud est comédienne. Elle a obtenu entre autres le César du meilleur espoir féminin en 2001 pour *Les Blessures assassines*, le César de la meilleure actrice en 2004 pour *Stupeur et tremblements* et a été nommée chevalier de l'Ordre national du Mérite en 2009. Ses précédents romans, *Le Ciel t'aidera* (2005) et *Gamine* (2006), sont parus chez Fayard.

Paru dans Le Livre de Poche :

Le Ciel t'aidera

Gamines

Il n'y a pas beaucoup d'étoiles ce soir

SYLVIE TESTUD

Chevalier de l'Ordre du Mérite

ROMAN

FAYARD

ISBN : 978-2-253-16224-7 – 1re publication LGF

Je n'ai aucun mérite et je n'ai d'ordre
à recevoir de personne.

Jean-Luc GODARD

1

Au premier coup sur le tambourin, il fallait commencer à tourner autour des vingt-deux chaises disposées en cercle dans la classe.

– Il manque une chaise.

– Oui, Sibylle.

La maîtresse m'adressait un sourire compatissant.

– Je vais en chercher une dans la classe à côté ?

– Non. C'est exprès, Sibylle.

Je n'étais pas une lumière.

– Pourquoi il n'y a que vingt-deux chaises ? On est vingt-trois !

– C'est le jeu, Sibylle.

– Le jeu, c'est que, y en a un, il ne pourra pas s'asseoir ?

A-t-on jamais enlevé une fourchette à l'un des invités au dîner ? Présente-t-on trois verres d'eau à quatre assoiffés ?

La maîtresse avait détourné la tête pour s'adresser aux autres élèves.

– Je vais jouer du tambourin.

Elle tenait l'instrument en l'air pour que tout le monde voie.

– Lorsque le silence se fera, vous chercherez à vous asseoir. Sans bousculade !

Elle avait insisté sur le terme.

L'enfant resté debout serait éliminé. Elle allait retirer une chaise à chaque tour. À la fin, il n'y en aurait qu'une pour deux.

– Celui qui gagne, c'est le plus malpoli ?

– Garde tes réflexions pour toi.

Fallait-il avoir les nerfs solides !

– J'ai pas envie de jouer !

Bérénice avait compris. Tout le monde allait la pousser, lui écraser les pieds pour un siège.

– Moi non plus.

Éloise regardait les places à s'arracher avec terreur.

La patiente maîtresse prenait sur elle, on pouvait voir à son soupir d'épuisement.

– Ce jeu s'appelle les chaises musicales. C'est amusant elle disait, sans rigoler.

Je ne comprenais toujours pas. Des chaises, il y en avait plein l'école. J'allais bientôt refuser de jouer, moi aussi. J'aime pas bouffer avec les doigts, j'aime pas rester debout quand tout le monde est assis.

– Les filles, vous vous êtes plaintes du ballon prisonnier. Alors il faudrait savoir.

– Les garçons lancent le ballon trop fort ! La dernière fois, j'avais une bosse !

Le but : viser la tête de Bérénice.

– Vous vous êtes plaintes des gendarmes et des voleurs. Vous ne voulez pas jouer au foot. Vous n'aimez pas la planche à savon, pas le jeu de massacre.

C'est vrai qu'elles n'aimaient rien, celles-ci, fallait quand même s'avouer.

– Tout le monde participe. On ne peut pas jouer qu'aux scoubidous.

La maîtresse a poussé les chouineuses au milieu des futurs estropiés.

– Prêts ?

Elle a levé la main. On allait bientôt s'amuser.

Je ne savais pas si je devais partir en courant. Où ? Quand ? Comment ? Et si je n'avais pas de chaise ? Quand allait-elle donner le signal ? Fallait-il garder les yeux sur les adversaires, sur les mains de la maîtresse ?

Le son du tambourin a retenti. Tu parles d'une musique… Les coups réguliers ajoutaient à la tension déjà forte. La maîtresse a écarté la main de la peau tendue. Silence.

C'était maintenant qu'il fallait courir !

Un vacarme des plus assourdissants.

Les chaises se sont entrechoquées. Les pieds des enfants se sont entremêlés. Nous nous sommes jetés sans retenue. À s'en déplacer les vertèbres. Bérénice regardait autour d'elle. Elle ne voulait pas se rendre à l'évidence. Tous les autres étaient assis.

Ben oui, pauvre tache, il n'y a pas assez de chaises pour tout le monde. Elle l'a bien expliqué, la maîtresse !

Les enfants hurlaient de joie, soulagés de ne pas être debout à sa place.

Une voix douce et bienveillante est venue consoler la première victime :

– Tu es hors jeu. Va te mettre contre le mur.

Bérénice a séché ses larmes lorsqu'une nouvelle chaise a disparu. La chouineuse ne resterait pas seule bien longtemps.

Elle guettait : qui allait devenir son ami de déveine ?

Les roulements de tambourin ont repris.

Nous tournions, ralentissions, accélérions. Au prochain tour, je serais assise. N'importe où, sur n'importe quelle chaise, mais j'en aurais une.

Silence.

Le cercle se réduisait de plus en plus. Nous nous bousculions. De plus en plus sauvages, de plus en plus égoïstes, nous nous jetions sur les chaises. Notre vie en dépendait. J'ai tourné, tourné.

Il ne restait plus que deux enfants. Mathieu et moi.

La maîtresse faisait monter la tension. Des coups réguliers sur le tambourin, des coups plus lents. Tatatatin ! Plus un geste dans l'assistance. Qui allait trépasser ? Elle faisait semblant d'arrêter, puis non, elle recommençait. Fausse alerte ! Super-drôle, les éliminés étaient hilares.

Mathieu était le plus fort de la classe, tout le monde le savait. Il courait plus vite que moi, tout le monde avait pu observer dans la cour.

Nous frôlions l'unique chaise dans l'espoir d'y poser nos fesses.

Mathieu a trébuché ! Il se déconcentrait !

Je sentais : j'allais gagner.

Le tambourin s'est arrêté.

Je me suis jetée sur la chaise. Aïe ! Je me suis tordu un orteil !

Peu importe d'avancer sur un pied, à genoux ou en rampant, le but : obtenir la marche du podium.

Alors que je prenais la place du vainqueur, Mathieu s'est éloigné.

Qu'est-ce qu'il fait, ce malade mental ?

La chaise n'a de valeur que si tout le monde la veut. La guillotine n'a d'intérêt que si le condamné veut vivre ! Pourquoi avait-il écarté les bras, en reculant ?

Mathieu laissait la partie se finir sans lui, ma parole !

La victoire m'était offerte comme une pièce à une mendiante, ou quoi ?

– C'est pas du jeu !

Je suis immédiatement allée le pousser. Le fumier s'octroyait mon trône.

Le pourri voulait qu'on comprenne : il n'avait pas besoin de cette gloire, il en avait tant d'autres.

– C'est de la triche ! Voleur !

J'en avais pas beaucoup, des victoires, moi ! Alors tu parles que celle-là, j'allais pas la laisser me passer sous le nez !

– J'aurais eu la place !

Je hurlais à l'injustice.

J'ai jeté un coup de pied dans la chaise. Plus de chaise, plus de perdant, plus de gagnant.

« L'important, c'est de participer. »

C'est ça qu'a dit la maîtresse quand elle m'a attrapé le bras ?

Si c'était ça l'important, je ne me serais pas fait écraser les pieds comme ça !

A-t-on jamais vu le vainqueur partager la couronne ? Qu'est-ce qu'elle racontait maintenant ?

– Ce n'est qu'un jeu.

La maîtresse était devenue folle.

Après avoir foutu une ambiance de mort avec son tambourin qui filait les jetons. Après avoir fait pleurer la classe au complet elle expliquait : c'était pour rire.

– Personne n'a rigolé à part elle ! j'ai dit au directeur quand j'ai été conduite dans son bureau.

Le directeur a planté ses yeux dans les miens. Sa voix était dure comme de l'acier. Il voulait que ses paroles se gravent dans ma cervelle.

– Quelle que soit la règle, qu'elle te plaise ou non, tu dois la suivre. C'est comme ça qu'on arrive à vivre en collectivité. Tu imagines si tout le monde faisait comme bon lui semble ? Ce serait la jungle.

Si tout le monde faisait comme bon lui semblait, on n'aurait jamais joué à ça, je n'ai pas osé lui répondre.

– Ça ne sert à rien de se bagarrer, surtout pour une chaise, non ?

Je n'ai pas trouvé la réponse, je croyais que c'était ça le jeu, justement.

Il n'y avait qu'une seule chaise dans son bureau ; il était assis dessus.

2

« Le monde appartient à ceux qui se lèvent tôt », répétait ma mère. Petite fille, j'avais tendance à me retourner dix fois sous ma couverture avant d'ouvrir un œil. Je ne sais pas si le monde a jamais appartenu à mon grand-père. Ouvrier dans une usine de papier, il était debout à quatre heures, tous les matins. Comme le patrimoine génétique, cette hygiène de vie s'est transmise de génération en génération dans la famille. Je me lève rarement après le soleil, dimanche et jours fériés compris. Si j'ai longtemps pesté contre ce rythme militaire, aujourd'hui, je remercie la formation. Je n'ai eu aucun mal à me réveiller à cinq heures.

Je pose délicatement le pied sur le parquet grinçant. La respiration profonde et régulière d'Adrien suggère : le monde peut appartenir à qui le convoite, lui dort enfin.

Sur la pointe des pieds, je fais le tour du lit. Adrien a la tête sous l'oreiller. Ça ne m'étonne pas, ses insomnies. Il n'a jamais su dormir.

D'une sérénité légendaire, Adrien a le zen diurne. Il s'énerve à l'heure du coucher.

– Doucement.

J'essaie de le calmer chaque fois qu'il entre dans la chambre, comme moi dans la cuisine. Il ne se couche pas dans le lit, il s'y jette. Ça secoue le matelas, ça me fait rebondir à tous les coups. Si mon côté reste impeccablement bordé, le sien devient aussitôt un amas inhospitalier de couette, drap et taie.

– Il faut te glisser dans le lit.

Je lui ai montré, pourtant.

Une fois allongé, nuque calée sur l'oreiller, il faut fermer les yeux et attendre.

Il y mettait peu de bonne volonté, fermait les yeux trop fort.

– Tu penses !

– Pardon ?

– Il ne faut pas penser.

– ...

– Il faut attendre et c'est tout.

Comme s'il avait autre chose à faire que dormir, il s'impatientait, soupirait aux quatre vents.

– Ça marche pas, ta méthode.

Il rouvrait les yeux, se redressait chaque fois.

Adrien trouve que je dors « comme une pierre ». Fasciné par ma maîtrise du sommeil, il me compare aux momies dans leur sarcophage. Il lit cent pages minimum avant d'éteindre.

Le moindre bruit le perturbe.

– C'est quoi, ce boucan ?

– Ma montre. Je dois me lever tôt demain. Double sécurité au cas où le réveil tomberait en panne.

– Avec ton portable, ça fait triple.

Il trouve que j'en fais trop dans le côté prévoyant.

– Ça t'aliène.

Je ne sais qui est aliéné par quoi. À prendre la vie à la légère, ses nuits écrasent son existence. Même s'il refuse de l'admettre, il est fatigué. Il lui arrive de bâiller cinq fois d'affilée.

Si je suis sûre de mon réveil, alors je vais bien dormir. C'est comme pour tout. Si on fait mal ses lacets, on a toutes les raisons de se casser la gueule en marchant.

Apathique le jour, Adrien ne dort pas la nuit. Pleine d'énergie, dès l'œil ouvert, je suis dans le coma avant qu'il ne ferme un œil. Nos rythmes sont inversés, je lui ai dit, l'autre jour. Nous sommes le yin et le yang. Il a haussé les épaules en reprenant son livre sur le feng shui.

Il faut dormir la tête au nord, il a dû lire dans un de ses bouquins. Ça fait plusieurs fois qu'il veut mettre le lit en travers de la pièce. Qu'on me mette la tête au nord, au sud, à n'importe quel point cardinal, n'y changera rien. En revanche, dormir à deux mètres des murs, de la prise électrique où je branche mon réveil, ça risque de perturber le mien, de sommeil.

– Tu peux virer ton horloge ?

Cette fois, c'était le tic-tac de ma trotteuse, le nouvel obstacle à son repos.

– Comme ça ? Ça va ?

Je l'ai fourrée entre le matelas et le sommier, hier soir. Résultat, je l'ai oubliée en me levant. Je ne peux pas partir sans ma montre.

Je distingue à peine les formes dans la chambre. Valet de nuit d'Adrien. Offert par sa mère. Elle aurait dû lui filer la notice avec le cadeau, il continue de « ranger » ses chemises par terre.

L'angle du lit. Ma main remonte le long du matelas de mon côté. Tout en haut, mon oreiller, ma table de chevet. Je tâtonne. Barrette, stylo… Téléphone portable.

– Qu'est-ce que tu fabriques ?

La voix caverneuse d'Adrien me fait sursauter.

– Excuse, je chuchote dans la pénombre.

Sa respiration reprend un rythme régulier alors que je m'agenouille près du sommier.

La tête collée au matelas, la joue écrasée, j'étire mon bras. Je passe ma main à plat, comme une rame, sous le poids des ressorts. Ben ça alors ? Je ne l'ai quand même pas fourrée au milieu ? Je balaie la surface.

– Qu'est-ce que tu fous ?

Adrien lève la tête. Il n'arrive plus à dormir avec moi qui gratte là-dessous.

– 'scuse…

Je suis désolée de le voir se redresser, ulcéré.

– Tu peux parler normalement, plus personne ne dort !

C'est foutu, il balance la couette, qui m'atterrit à moitié dessus. Il quitte la chambre sans me dire bonjour.

J'ai opté pour une chemise simple, mais colorée. Elle me boudine, cette jupe, non ? Les motifs du tissu s'élargissent au mauvais endroit. Les ronds deviennent des ovales informes sur mes fesses.

– Ça va comme ça, Adrien ? Tu ne trouves pas qu'elle me fait un gros popotin, cette jupe ?

Si ma trotteuse fait un boucan de tous les diables, sa tondeuse fait un bruit immonde. On sait parfaitement à quel moment un poil est fauché. Le son devient plus agressif dès qu'un poil est pris dans les mailles du filet.

– Hmmm, il dit en se rasant à côté du lavabo.

– Comment, « hmmm » ? T'as pas regardé !

C'est vrai, Adrien a répondu sans tourner la tête. Il n'a pas vu si le rond était carré, ovale ou triangulaire. Il n'a même pas vu la couleur du tissu.

Il s'est levé du pied gauche, et ça, c'est ma faute.

Devant le miroir, il grimace. Se tire le nez à gauche, à droite, s'arrondit le dessus des lèvres, le dessous.

– Est-ce qu'elle me fait un gros cul ? je hurle presque en exhibant mon fessier.

– Hmmmm...

Ça veut dire oui ou non ? Hypnotisé par le dessous de son nez, il va bientôt se raser les narines.

Il se fout de ma jupe comme de sa dernière chemise, ce matin. Comme si personne ne lui parlait, il poursuit sa tonte méticuleuse.

Je ne vais pas attendre une réponse qui ne viendra pas. J'emporte une autre tenue. Je demanderai l'avis de Steph. Je laisse Adrien, ses poils, sa tondeuse à gazon et son flegme.

« Qui peut le plus peut le moins. » Je prends les escaliers.

La panne d'ascenseur, le jour où il ne faut pas, on connaît. Quand Marianne a eu les contractions, pour sa deuxième, son ex, descendu au parking, n'est jamais remonté. L'imprudent s'est trouvé séquestré entre deux étages, jusqu'à l'arrivée des pompiers. La pauvre a accouché toute seule, dans le couloir.

Si peu sûre d'y arriver en mettant toutes les chances de mon côté, je prends toujours mes précautions. Il pleuvra si j'oublie mon parapluie.

Si certains hésitent toute leur vie, j'ai commencé très tôt à construire mon avenir. « Tu creuses ton trou, lentement, mais sûrement. » Adrien m'a fait la réflexion, un soir. J'étais fière qu'il s'en aperçoive.

L'effort paie, j'ai obtenu le poste espéré, après seulement six ans de stage dans seulement quatre sociétés.

C'est tout naturellement que je me suis développée dans les assurances.

Je fonce dans la rue, les réverbères s'éteignent. J'ai tourné une heure hier pour trouver une place. Patience récompensée, je suis garée devant ma porte.

3

– Comment tu la trouves, cette jupe ? je demande tout de suite à Steph, quand j'arrive au bureau.

– Tu te ferais scalper pour la médaille.

Mon assistante m'en veut de l'avoir fait venir à l'aube. Elle s'étire, pousse un râle interminable. J'évolue au pays des endormis, ce matin, moi, c'est pas vrai !

Comme Adrien, Steph déteste se faire « sortir » du lit.

Bien qu'elle n'utilise ni tondeuse ni autre objet électrique, je suis obligée d'élever la voix pour lui faire rouvrir les yeux.

– Tu ne trouves pas que les ronds sont déformés, là ?

Elle secoue la tête, râle encore, se frotte les yeux.

« Te fait un gros pétard », je réussis à décrypter dans un de ses vagissements.

C'est bien ce qu'il me semblait. J'attrape mon sac en plastique. J'ai bien fait de prendre ma robe de secours.

– Je vais me changer !

Que je parle ou non, Steph est écrasée sur sa chaise.

Adossée, la tête légèrement en arrière, elle est en train de se rendormir dans le bureau désert.

Je claque la porte des toilettes.

Malgré mes nombreuses demandes, il n'y a rien pour poser ses affaires ! Même pas un petit crochet pour y pendre ma robe. Je cale mes vêtements entre mes genoux, pose mes pieds sur mes chaussures. C'est acrobatique. Les murs sont si proches l'un de l'autre qu'il m'est difficile de ne pas toucher les parois, ne serait-ce qu'avec le coude. La crasse est là, sournoise, dans le réduit. Ça a beau sentir le citron à plein nez, le désodorisant n'est qu'un cache-misère. Les carreaux me dégoûtent moins que les joints jaunis. Ça doit champignonner là-dessous. Ils ont dû coller la céramique sur du moisi pour que ça jaunisse comme ça. Mieux vaut ne pas y penser. Je me hâte de procéder à l'échange.

L'exiguïté du lieu ne m'a pas facilité la tâche, c'est le moins qu'on puisse dire. Au prix de mille contorsions, j'ai réussi à quitter la jupe peu flatteuse.

– Elle est rose.

Steph trouve le qualificatif parfait quand je reparais dans ma robe fuchsia.

Elle va se démonter les vertèbres si elle ne redresse pas la tête.

– Qu'est-ce que t'as fait hier soir ? je lui demande.

Ce n'est pas possible de se trouver dans un tel état, même en se levant tôt. Steph a dû faire la java toute la nuit.

– T'es malade ?

– Je vis, elle me révèle en ouvrant une gueule de cinquante centimètres de large.

Pas la peine d'entrer dans le débat, Steph ne refuserait pour rien au monde un dîner entre amis. Pas même pour le pape. Elle est venue, c'est déjà bien.

Est-ce que je suis la seule à vouloir faire les choses sérieusement ?

Si j'ai imposé ce programme à mon équipière, ce n'est pas par sadisme. Le jeu en vaut la chandelle : j'ai été choisie pour répondre au JT des news-assurances ! Ce n'est pas rien, ça, quand même !

Ce sera ma première interview pour un événement de cette envergure. C'était inespéré de me voir élue, quand trois prétendantes plus expérimentées se disputaient la prestation.

Ravis de mes services, de ceux de mon assistante, nos supérieurs n'ont pas jugé nécessaire de nous adjoindre une dir-com extérieure pour la manifestation.

Ça veut dire qu'on bosse bien, ça, quand même, non ? Ça devrait motiver Steph, ça, quand même ?

Nos efforts quotidiens récompensés sont une raison de se réjouir ou je ne m'y connais pas en matière de récompense ?

– Steph, on est seules sur le coup !

Je lui ai offert une bouteille de sa boisson préférée pour l'occasion, de la manzana.

– Si notre vie ne vaut que ce qu'elle nous coûte en effort, la nôtre vaut déjà son pesant de cacahuètes.

Steph a soufflé de découragement quand les bruits ont commencé à courir : la direction pensait à moi pour diriger la com de la filiale ! Je n'osais croire à un pareil cadeau, tandis que mon assistante redoutait la nouvelle montagne à gravir.

J'avais déjà alerté ma mère, ma grand-mère, la standardiste du premier. Steph avait déjà demandé les horaires, le nombre de déplacements, la somme de boulot à abattre.

L'ancien dir-com a déclaré forfait. Je n'en reviens toujours pas.

– Tu m'étonnes. C'était du vingt-quatre/vingt-quatre.

Steph se demande encore comment le type tient debout après cinq années de turbin à fond de train.

Une démission en bonne et due forme est arrivée sur le bureau de la direction, la semaine dernière.

Ce mec abandonne ce dont je rêve depuis la création de notre mutuelle.

Notre société d'assurances, une des plus puissantes de France, lui a offert un pont d'or : deux assistantes, son bureau faisait le double du mien, voiture de fonction, hôtels trois étoiles minimum, attaché-case à faire pâlir Bernard Arnault.

Malgré tout, il ne voulait plus « passer son temps à le gagner, mais gagner son temps à le passer » il nous a lancé avant de claquer la porte.

Ouf. Je n'ai jamais rien compris à la méditation, philosophie, gi-gong, ni même yoga, de toute façon. Ce que je sais, c'est que le temps gaspillé, comme l'argent, ne se recycle pas.

Moi, je crois plutôt que l'ancien dir-com a pété les plombs.

Alors qu'un avenir brillant s'offre à lui, il décide d'ouvrir un gîte. « La Vraie vie », ça va s'appeler. Franchement, retaper une longère à sept kilomètres du premier village, je ne vois pas l'amélioration du niveau de vie. Quand il lui manquera du sel, il lui faudra la matinée. Pour un slip, la journée complète.

Je préfère encore l'ulcère à l'estomac.

« Vous avez carte blanche », m'a dit monsieur Trémaux avant son départ pour le Calvados.

La confiance qui nous est accordée ne tolère aucune fausse note. C'est pour ça que j'ai demandé à Steph de venir si tôt.

– T'as le ventre vide ?

Comment dire à Steph que sa figure est toute tordue ?

Un rapide hochement de tête, avant de s'affaler sur son manteau. Victime de mon zèle, Steph perd son humour, son énergie, son enthousiasme. Au milieu du bureau désert, elle dort.

Je tourne en rond. Je peux avancer sur quelque chose ? Je rouspète sans cesse contre le temps qui file trop vite, voilà que les minutes prennent des siècles.

Je n'ai pas réussi à mettre la machine à café en route. Le technicien garde précieusement la notice dans son armoire, fermée à double tour.

Il doit dormir la clé accrochée autour du cou de peur qu'un type se fasse un café sans sa permission.

Les premiers employés sont arrivés avec le jour.

Marianne était en larmes : sa fille est obèse, a dit le médecin. Pour une « née par terre », elle a bien profité. C'est quoi cette robe, Sybille ? Claude et sa femme ont pris leur décision : ils font une offre sur le pavillon. J'ai regardé « Montrez-nous des violeurs, des assassins ». Avec ta robe, Sybille, on ne peut pas te rater. Estelle s'est acheté un nouveau manteau ? Marre du tapage nocturne. Quand il aura « mis de côté », Marc déménagera. Putain, ta robe, Sybille, elle arrache. Qu'est-ce que ça veut dire ? C'est contre-productif, leur mixité sociale. « Quand il y en a trop, les gens se barrent. » Philippe ne peut pas passer à la salle de sport, ce soir, il s'est claqué la cuisse. La nouvelle coupe d'Ariane la rajeunit de dix ans. On est allés au théâtre. T'as vu quoi ? La pièce avec le type qui fait la pub pour le jambon.

Quelqu'un veut une chouquette ?

– Moi !

L'estomac de Steph lui a fait relever la tête.

Le technicien a remis la machine à café en route.

– Qu'est-ce qu'elle a, ma robe ? j'ai demandé à Steph quand elle a rouvert les yeux.

– Elle est rose.

Le journaliste en retard m'a annoncé la tuile du siècle en se présentant : « embouteillages ». Ça n'arrive qu'à lui, ce genre de pépin. Il faisait nerveusement claquer sa langue entre ses dents. Ses nerfs avaient été mis à rude épreuve. Malgré le stress, il allait se comporter en gentleman, mener cet entretien dans la bonne humeur.

– On s'installe où ?

Il regardait les ordinateurs alignés. Pourvu qu'il ne se soit pas déplacé pour rien. Il touchait le ficus en plastique. Ce qu'il voyait ne l'inspirait pas, mais alors pas du tout.

– Là.

J'ai ouvert la porte de mon bureau.

C'était pas le Pérou, mais bon… Il prenait sur lui en installant sa caméra dans un espace à peine plus adéquat à son activité. Il plaçait son trépied un peu à droite. Un peu à gauche. Devant, derrière. Il détaillait la pièce aux cloisons amovibles. Non, ici c'était encore ce qui lui allait le mieux.

– Vous avez une prise ?

Avait-on pensé à en installer une dans ce gourbi ? Il tournait la tête dans tous les sens.

– Là.

J'ai désigné un rail de cinq prises.

– Pas eu le temps de recharger la batterie… il a marmonné en déroulant sa rallonge.

Le pauvre n'avait pas pu préparer ses affaires, il avait dû aussi se cogner l'embouteillage d'hier soir.

Steph lui a tendu le dossier complet intitulé « le grand congrès ».

– Non merci, je n'en ai pas besoin.

– Pardon ?

– On n'a plus le temps, là !

Il a failli s'énerver contre mon assistante. Ça commençait à l'agacer, lui, les plans foireux.

Après la déconvenue du matin, la greluche n'allait pas en rajouter avec son dossier à la noix. Tant pis pour le dossier élaboré pendant des semaines. À la guerre comme à la guerre. J'ai fait sortir Steph avant qu'elle ne lui fasse avaler les cent vingt pages de force.

La lumière rouge s'est allumée. Sourire accroché jusqu'aux oreilles, j'étais enfin prête.

– Ça va, cette robe ? j'ai demandé au journaliste avant d'entrer dans le vif du sujet.

– Toute façon…

C'était plus le moment. Il a vérifié son cadre. Il est venu se placer face à moi.

Ignorant tout du dossier, l'homme s'est mis à détacher les syllabes, en appuyant sur les mots avec aplomb. Sa voix était claire, forte, pleine de vitalité.

4

La tête de Steph est restée tordue toute la journée.

Ma robe a soulevé largement plus d'intérêt que le « grand congrès ». Comme si c'était ça, l'important ; savoir si « elle redonnerait la vue à un aveugle ». Ils se croyaient employés dans un magasin de vêtements, tous, subitement. Personne n'avait l'air de mesurer l'enjeu, nous étions sur des charbons ardents. À un cheveu d'emporter le morceau, il fallait rester concentré sur l'essentiel : le congrès de la semaine suivante.

Dans mon « rose pétard », j'ai abattu le travail d'une armée. Enfermée dans mon réduit, j'ai commandé une pizza pour le déjeuner. J'en suis sortie plus enluminée que mon vêtement après trois heures sup'. Les cheveux droits sur la tête, les joues écarlates, plus personne pour polémiquer sur ma tenue ? Le bureau était redevenu aussi désert qu'à mon arrivée. Plus une âme qui vive, dans aucun box. Le technicien n'avait pas omis d'éteindre sa machine à café.

Tu parles, qu'ils ont le temps de faire les boutiques, de disserter sur la matière et la couleur des étoffes.

La boulangerie va fermer. Je fonce récupérer ma voiture. J'ai beau commander ma baguette la veille, si j'arrive après la bataille, je n'aurai rien à manger demain matin.

– Ah non !

Je lâche mon sac et ma baguette au beau milieu de la cuisine.

Je viens de boulonner comme quinze, de me taper une journée continue, d'essuyer les pires remarques sur ma « tenue de bal », de me ruer pour assurer notre petit déjeuner à tous les deux, voilà que la cerise sur son gâteau me tombe dessus à la maison.

Adrien a nettoyé l'évier en inox avec le côté vert de l'éponge ! Le côté grattant.

Les deux mains appuyées sur l'acier couvert de rayures, tête baissée, je dois prendre sur moi pour ne pas me mettre à pleurer.

– Purée, t'as vu ? Tu t'es fait rouler, me dit Adrien en guise d'excuse.

Préfère pas répondre. Je quitte la cuisine sans émettre le moindre son, le moindre reproche. Dégoûtée, voilà, c'est ça. En plus d'être claquée, je suis dégoûtée.

Adrien est gêné. Il sait : je me suis farci la moitié de la ville pour trouver cet évier. L'autre moitié pour trouver l'installateur. L'évier était beau. Il était neuf. Il était parfait pour la cuisine.

Pour une fois, c'est Adrien qui se met à courir derrière moi.

– T'as tellement de boulot. Tu rentres épuisée, je voulais t'aider.

Il prétend que je me suis fait rouler, plutôt que d'admettre : il est un abruti.

Il y a des matériaux adaptés au grattoir, d'autres, non.

– N'aide surtout pas ! Ne fais rien ! Quand tu ne fais pas les choses à moitié, elles tournent à la catastrophe ! Tu ne peux pas laver une fourchette sans y laisser la moitié de la carotte ! Passer un chiffon sur une étagère sans casser la moitié des objets. Repasser une taie d'oreiller sans y décalquer la marque du fer. Même crevée, je préfère tout faire moi-même. Par pitié : ne touche à rien !

Il a couru, il a entendu.

Planté à l'autre bout du couloir, Adrien, calme devant les calmes, s'énerve.

– Si ça te plaît de jouer les mémères. Garde-les-toi, tes éponges, tes chiffons et tes serpillières.

– …

La réplique vient de traverser le couloir, d'atteindre sa cible, en plein cœur. Je me retourne.

Le portrait que vient de brosser Adrien n'est pas faux. Dès que je passe la porte de notre appartement, je me transforme. Sans plus aucune coquetterie, je retire mes escarpins, je jette mes vêtements dans la panière à linge sale. Je m'attache les cheveux sur le sommet du crâne, remonte mes manches, et c'est parti pour le rodéo de l'ordre et de la propreté. Une chorégraphie d'un genre peu sexy, à laquelle je ne renonce que tombante de sommeil.

Pauvre Adrien : il vit avec une mégère. L'image n'est pas folichonne.

C'est au bureau qu'ils vivent avec moi. Bien habillée, pas assez. Trop colorée, trop pâle, mais habillée, maquillée, coiffée.

Pourquoi je me transforme ainsi ?

Pourquoi je n'arrive pas à suivre le mode de vie d'Adrien ?

Adrien se fout des poubelles qui débordent. Des cheveux dans la bonde de la baignoire, des… berk, ça me file la nausée.

Si Adrien pense ce qu'il vient de dire, c'est grave.

Les larmes me montent aux yeux, alors que le ciel s'assombrit.

Trois perspectives d'avenir s'offrent à moi :

Un : je vais me faire larguer un jour ou l'autre. Le balai, ça voûte, ça fait les mains calleuses.

Deux : je vais le détester de me réduire à l'esclavage. Usée, les jambes pleines de varices, je finirai par m'en aller, je crèverai vieille, moche et seule.

Trois : j'accepte de vivre dans la merde.

Je pleure comme un veau maintenant.

La gorge serrée, je ne peux plus parler. Je retourne à la cuisine.

Adrien tente un geste, alors que je lui passe sous le nez. Je ne ralentis pas pour la caresse. Pas la peine de me flatter le flanc pour me faire avancer.

Fataliste, je reprends mon éponge. Du côté jaune, je nettoie la table, pleine de miettes. Je viens de prendre conscience : ma vie va devenir pourrie.

– Laisse… j'ai bouffé un biscuit…

Il m'a suivie pour voir ce que j'allais faire.

Je ne « laisse » pas. Pourrie pour pourrie, je me jette à corps perdu dans l'entonnoir. Les miettes du pain que je mangerai ce soir n'ont rien à faire avec les miettes de son goûter.

Adrien ne moufte plus devant ce triste tableau. Pense-t-il à la même chose que moi ? À la fin inexorable de notre histoire ?

Ça prend du temps, ce nettoyage de miettes. Les yeux inondés de larmes, je vois tout onduler. Quelle damnation ! Si seulement il acceptait... de faire un peu attention. Ou même de ne rien faire du tout.

C'est donc bien ça : à part les « actrices américaines », pas une femme ne résiste à la loi de la démolition par étape ? Briller les vingt premières années de sa vie, puis se faire démantibuler par les devoirs quotidiens, les tâches ménagères, les déceptions, les fins d'histoire douloureuses, le chagrin. Les hanches élargies par les grossesses successives, le caractère s'endurcit avec la fatigue. Paraît qu'après on a les seins qui pendent.

– Même quand on n'en a pas ?

– Oui, ça pend. En gant de toilette, m'a informée la gynécologue à ma dernière consultation.

Oh putain...

Comme dit Steph, « quand t'as des ravines sur la figure, un gros cul, les nichons sur les genoux, faut avoir un bon compte en banque si tu veux du compliment »... Marianne est à l'ouest : pas un rond, un corps de baleine en fin de carrière, des exigences de préadolescente. Faut pas rêver, à part un « crevard », elle peut toujours ratisser...

Je frotte la table.

Que m'arrive-t-il ? Est-ce que je ne serais plus moi, subitement ? Ne m'en serais-je pas aperçue, là, vraiment, ça part en lambeaux ? Je fais le bilan, tous azimuts. Les idées se mélangent. Je m'arrive en mosaïque. Des bouts de moi se plantent sous mon nez, comme des petits miroirs. Regarde ! Non mais regarde ce que tu es ! Ce que tu vas devenir. Pas de quoi se réjouir. Et encore, t'as pas tout vu ! Je cherche un début de protestation. Un regain d'énergie.

Où se trouve ma colère ? Je vais accuser Adrien. Je dois l'accuser. C'est comme ça que ça se passe d'habitude. C'est lui le fautif, normalement. C'est lui.

Si je me ratatine, c'est parce que lui se déploie ! Si les motifs s'élargissent sur l'arrière de ma jupe, si je n'ai pas le temps de faire de sport, c'est parce qu'il en fait trop ! Moi aussi, je vais finir avec un crevard, si je continue sur ma lancée.

Mon dos se voûte, mes mains s'assèchent, mon cerveau se fige, mes seins me tombent sur les godasses. Oh putain…

Si Adrien pense ce qu'il vient de dire, c'est grave. Pourquoi je ne me défends pas ? Est-ce que ma bouche va rester fermée pour toujours ?

Normalement, j'aurais hurlé qu'Adrien est né pour me saloper le boulot, démonter tout ce que je tente de bâtir, réduire à néant mes efforts.

– Tu me fais perdre le temps dont je ne dispose pas !

Normalement, je peste, chaque fois que je consacre mes soirées à remettre debout ce qu'il a fait valdinguer.

– Je n'en ai pas assez comme ça ?

On croirait entendre ma mère, il y a trente ans, quand elle enrageait à chacun de mes nouveaux forfaits.

Petite fille, j'étalais « plus de feutre » sur les murs, la table, les chaises, que sur ma feuille. Qu'avait-elle à rouspéter ? Je dessinais un grand château. Je m'épanouissais. Pourquoi était-elle folle ? J'avais six ans ! À six ans, ça ne me posait aucun problème, les chaises crayonnées, multicolores.

La purée étalée sur mes coudes témoignait de mon festin. J'avais mangé, fallait-il que je jeûne ? Pourquoi fronçait-elle les sourcils sans cesse ?

Tremper mes doigts dans la sauce, les essuyer sur ma jupe ou la nappe, sauter à pieds joints, sandales maculées sur la moquette, tout ça ne résultait pas d'une volonté de nuire. Alors pourquoi vociférait-elle comme une damnée ?

Adrien, trente-sept ans, n'a pas intégré que son « bien-aise » s'arrête où commence celui des autres. Si je suis trop « organisée », « pointilleuse », « rationnelle », « raide », à son avis, lui ne l'est pas assez, au mien.

Il n'y a que lui pour faire sécher une assiette debout, alors qu'elle est ronde. Forcément, elle roule, tombe, et se brise.

Que lui pour nettoyer un évier en inox avec la face verte de l'éponge ! N'importe quel crétin sait ça : la matière verte est abrasive. C'est une grattounette.

Je vais gueuler bientôt. C'est imminent…

Je me motive, m'appelle au fond de moi. Où suis-je ?

Eh oh ! Il y a quelqu'un là-dedans ?

S'il y a quelqu'un, il est amoché. Je regarde le va-et-vient régulier de l'éponge sur le bois. Malgré moi, je nettoie les miettes qu'il n'y a plus. Je voudrais arrêter ce mouvement devenu inutile.

Ma main commande. Elle avance, recule, avance… Mes doigts crispés s'accrochent comme si leur existence en dépendait. Comme si leur vie importait plus que la mienne, mes doigts sont obsédés par l'éponge. Ils vont se fondre en un seul élément si ça continue.

Au secours, Adrien ! Cette saloperie d'éponge est en train de me becqueter ! J'entends au loin le glas qui sonne. L'épitaphe : ci-gît l'esclave de la miette, engloutie par le Spontex.

À l'aide !

L'attitude calme, froide et distanciée d'Adrien me laisse penser qu'il assistera à mon trépas sans état d'âme.

– Garde-les-toi, tes éponges, tes chiffons et tes serpillières… il a dit tout à l'heure.

Je ne veux plus les garder, Adrien ! C'est l'éponge qui lave toute seule, je te promets ! Je suis d'accord avec toi, moi ! Sur tout. D'accord pour les poubelles qui débordent, d'accord pour les cheveux dans la bonde de la baignoire, d'accord. Mais au secours !

L'appel lui parvient.

– Il faut prendre une femme de ménage.

Une lumière, voilà. D'un coup de génie, Adrien stoppe le cours de mon histoire.

Statu quo.

Ma main arrête ses allers-retours névrotiques. Mes doigts se détendent légèrement. Mon souffle court me laisse un sursis. Je parviens à tourner un regard épuisé vers celui qui me porte assistance.

Adrien a trouvé la riposte imparable :

– Tu as besoin d'une femme de ménage.

Si je ne veux pas crever dans le dégraissant, je dois laisser ma maison à une autre. À prendre ou à laisser.

Je dois réfléchir vite.

– Tu bosses suffisamment pour t'offrir une femme de ménage.

Seule solution pour en finir avec mes obsessions maniaques, à l'origine de tous mes maux.

L'idée ne m'a jamais effleurée : gagner de l'argent pour fuir mes responsabilités….

C'est toute ma culture qui est à revoir.

Personne n'a jamais quitté son poste dans ma famille. Ma mère a tenu sa maison. Ma grand-mère a nourri, blanchi cinq enfants… Une femme de ménage à mon service ?

C'est toute ma vie à repenser.

Elle rangera mes vêtements dans mon armoire comme bon lui semble…

La décision n'est pas facile à prendre : confier mon intimité à une autre ou finir croulante avant l'heure ?

J'ai besoin de tout gérer, tout ordonner, tout le temps. J'interromps toute discussion de manière intempestive dès lors que j'aperçois une chaussette d'Adrien sous la table. Je me lève, fais disparaître l'objet indésirable, ne reprends le cours de la conversation qu'une fois le tout à sa place.

Adrien a raison, je deviendrai folle si je continue à ce rythme. Je le deviendrai plus encore si je vis dans une porcherie. Il n'a pas été envisagé qu'il change d'un iota, s'y mette un peu, ni même qu'il arrête de me saloper le boulot.

– Personne ne te demande de le faire.

Adrien est toujours étonné de m'entendre râler. Il ne m'a jamais demandé ni de me faire la tête de mémé Tartine pour passer le balai, ni de me tailler les avant-bras de Popeye en portant des sacs pleins de victuailles, encore moins de me retrouver à quatre pattes sous la table pour ramasser ses affaires.

Il faut pourtant bien que quelqu'un le fasse.

Nous voilà au cœur du menu de ce soir : qui doit le faire ?

Selon Adrien, il vaut mieux voir son intimité déflorée, ses objets malaxés, ses secrets éventés, que de suer du matin au soir et du soir au matin.

Si je m'offre une femme de ménage, je ne colle plus au train d'Adrien, lavette à la main, dès qu'il mange une pomme, « si t'en fais tomber par terre ». Si je m'offre une femme de ménage, j'exhale d'autres parfums que le Paic-citron, l'ammoniaque ou l'eau de Javel.

Adrien pourrait réparer sa chaîne de vélo dans la cuisine, ne pas s'essuyer les pieds avant d'entrer, se raser partout sauf au-dessus du lavabo ; la femme mandatée pour réparer les dégâts serait heureuse d'en tirer un bénéfice mensuel.

Nous ne nous disputerions plus jamais, notre principal différend étant bien la chaussette qui traîne sous la table.

Si c'est tout bénef, pourquoi hésiter ?

– OK, Adrien.

Je jette l'éponge sur la table de la cuisine.

La soirée s'est déroulée comme si nous venions de nous rencontrer. Pour un peu, c'était lui le romantique.

Je n'ai pas moufté quand ses baskets ont atterri sur le tapis blanc. Pour un peu, la femme de ménage était déjà dans le salon.

5

J'ai mis une annonce à l'ANPE. Trente-trois réponses ! Je débarque ce matin au bureau, mon courrier sous le bras.

– Il y a quatre hommes, regarde…

Je n'en reviens pas en lisant leur fiche. Des hommes postulent au repassage. Ils ont vraiment l'air viril, je vois sur leur photographie. Celui-ci, vu la taille de son cou, doit être sacrément baraqué.

– Ils ont besoin de pognon, me dit Stéphanie.

Mouaiche… Un homme pour astiquer ma douche, passer l'aspirateur ? Je veux bien envisager de leur faire laver ma voiture, les vitres à la rigueur… Je n'imagine pas un homme ranger mes sous-vêtements. Une femme, c'est quand même mieux pour chez moi.

– Je trouve ça plutôt réjouissant, des mecs qui veulent bien s'y coller.

– Je me réjouis, c'est pas le problème….

En même temps, si ce boulot est dévolu aux femmes, c'est quand même qu'elles le font mieux.

– Elles ont de l'entraînement.

Ben voilà, c'est ça. Ouf. Steph m'ôte un doute.

Pour l'instant, les hommes n'ont pas assez d'entraînement. Je retire les quatre fiches de mon dossier.

Il me reste vingt-neuf fiches. Le vendredi, je peux me sauver vers 17 heures du bureau. Je ferai passer les entretiens à la maison. Je prendrai mes dossiers en cours, je les finirai pendant le week-end.

– T'en as pour la nuit.

– Pas faux. Vingt-neuf personnes en deux heures, c'est impossible.

– Tu ne vas pas les voir toutes ?

– Toutes sans exception.

Si une perle se cache là-dedans, je ne veux pas la rater.

Entretiens durant tout le week-end. Celles qui ne se déplacent pas le samedi et le dimanche, au revoir.

– Qu'est-ce que tu fabriques ?

Adrien a l'air de regarder un match de ping-pong dans la buanderie.

Je fais des machines à n'en plus finir. Ma tête passe du sac de linge à la machine, de la machine à l'étendoir.

– Je vais les tester.

Je ne vais pas embaucher quelqu'un qui laissera des faux plis sur nos chemises.

– Tu vas faire repasser vingt-neuf personnes ?

– Celles qui me plairont.

Pour le premier test, je sortirai l'aspirateur, le balai-brosse, un chiffon. J'éparpillerai quelques saletés sur le tapis, laisserai quelques taches sur le parquet. Seules les meilleures repasseront.

Un bout de banane échappé de la bouche d'Adrien atterrit sur le carrelage.

– Pas la peine de t'épuiser pour la mise en scène. Je peux te saloper la baraque sans le moindre effort…

Désolé, il ramasse le morceau de fruit. Ça laisse une marque.

Pour une fois, la maladresse d'Adrien est constructive. Mon copain vient de me donner une idée géniale : en quarante-huit heures, il peut aisément mettre l'appartement à sac !

Je n'ai jeté qu'une croûte de fromage sur deux, débarrassé qu'un pot de yaourt sur trois. Les assiettes sales n'ont pas toutes été placées dans le lave-vaisselle. La gazinière témoigne de nos repas équilibrés. Un peu de carottes, de patates, quelques grains de haricots verts sont collés à l'alu brossé. Je n'ai pas regardé le sol, de peur de craquer. Vivement demain, pas sûr que je tienne bien longtemps logée à cette enseigne.

6

Lorsque la première candidate sonne à l'interphone, je remarque :

– Ton vélo, Adrien, il n'est plus dans l'entrée.

Pourquoi a-t-il caché son vélo dans le couloir ?

Quand on va chez le médecin, on ne se soigne pas avant.

– Remets-le comme d'habitude ! Les professionnelles doivent évaluer la situation.

Je ressors les baskets de sous le sac de sport.... Des chaussettes en dépassent ? Bien. D'ordinaire, les bandelettes de boxe donnent une allure plus que négligée à mon entrée.

– Où sont tes bandelettes de boxe ?

Je les retrouve au linge sale.

– T'as dit que tu m'aidais !

Qu'est-ce qui lui prend subitement ? Comment diriger un entretien sérieux dans ces conditions ? Il passe sa vie à tout déballer, voilà qu'il range.

C'est encore à moi de m'acquitter de sa dette. Je ressors les bandelettes de la panière, les balance par terre.

Tout est en place ? Je fais entrer la jeune femme. J'adopte une mine réjouie au milieu du merdier.

Le vélo d'Adrien, roues en l'air, trône normalement sur sa selle, à l'entrée de l'appartement.

– Vélo de course de mon ami…

Je scrute la réaction de la jeune femme.

Rien à signaler. Si elle est là, c'est pour mettre de l'ordre. Parfait.

Elle prend place sur le canapé.

– J'ai une machine à espresso. Un verre d'eau ? Un thé peut-être ?

La première candidate, vingt et un ans, est d'origine cap-verdienne. J'évoque Cesaria Evora.

Née en France, la candidate a vaguement entendu parler de la chanteuse. Elle poursuit ses études pour devenir aide-soignante. Elle a besoin de gagner un peu de « fric ».

Comment ? Qu'est-ce qu'elle vient de dire ?

Où a-t-elle appris qu'on parle comme un charretier lors d'un entretien d'embauche ? Cette femme, originaire d'un pays dont elle se moque, répond à une annonce pour un métier qu'elle ne veut pas faire.

S'il n'y a que le « fric » qui l'intéresse…

Je note ses nom, prénom, coordonnées. Elle ne repasse pas le moindre carré de tissu.

– Il me faut une réponse rapide, elle ajoute avant de sortir.

J'ai rayé son nom de la liste.

– Pour un peu, elle me disait qu'elle n'aime pas faire la lessive.

Je suis allée ironiser auprès d'Adrien.

Je n'ai pas attendu sa réaction. Il a sûrement haussé les épaules, derrière son livre : *Les Désordres de l'économie mondiale.*

– Le vélo de mon copain. Sa planche pour cet été. Bandelettes de boxe.

Je présente les curiosités au fur et à mesure que la deuxième candidate s'étonne d'entrer chez Décathlon.

La deuxième candidate « préfère » un jus d'orange. Rectification : elle n'arrive pas dans un magasin de sport, mais au bistrot.

– J'ai du café, du thé et de l'eau, je précise à celle qui a l'air d'ignorer que nous ne sommes pas au Bon Coin.

– Je vais me rabattre sur un thé, elle me dit, en tordant le nez.

J'attends qu'elle me demande la carte. Nous avons du Earl Grey, du Darjeeling, du thé d'Oolong… Je vais la rabattre sur la sortie.

Je lui sers de l'eau chaude, un sachet de gaze et sa ficelle, bourré d'herbes de je ne sais quelle contrée, avec sucre et petite cuillère.

– Attention ! L'eau est bouillante !

La candidate se brûle avec sa tasse fumante. Je lui sers un verre d'eau froide pour calmer sa bouche endolorie.

– Merci.

Je décide de mener l'entretien malgré le démarrage peu prometteur. La prochaine n'arrive que dans vingt minutes de toute façon.

– À quelle heure pouvez-vous commencer ?

– …

La candidate lève la tête et plisse les yeux.

J'ai posé une colle ?

Concentrée, elle fixe mon plafond. Qu'est-ce qu'elle fout ? Je manque de lever la tête, moi aussi. La candidate tend le pouce, l'index, le majeur… Elle compte sur ses doigts. Elle a dû se gourer dans ses calculs, elle recommence. Pouce, index, majeur…

– Alors ?

Elle hésite, murmure des syllabes, seulement audibles par elle-même.

– Vous évaluez vos heures de sommeil ?

Voilà qu'elle prend des airs savants.

– Temps de transport.

Les yeux mi-clos, elle reste concentrée.

Je peux sortir si je la dérange.

– Vous habitez où ?

Elle sait combien de temps elle a mis pour venir, quand même ?

Une réponse finit par arriver :

– Nouvion-en-Thiérache.

Hein ?

Jamais entendu parler du patelin.

La candidate m'éclaire :

– Dans l'Aisne.

Temps de transport estimé :

– Entre cinquante minutes et une heure vingt, vingt-cinq.

Tu parles qu'elle a besoin de calculer, si elle arrive de l'autre bout du monde. Elle va se lever au chant du coq, se coucher avec les loups. Elle va arriver ici pour finir sa nuit, c'est sûr.

Il n'y a rien à nettoyer là-bas ? Cinquante minutes à une heure vingt, vingt-cinq… Deux départements à traverser pour mon carrelage…. Si ses calculs ont pris un temps infini, le mien est rapide : en plus d'être crevée avant de commencer la journée, elle va avoir des problèmes tout le temps. Entre le métro raté, le type jeté sous le RER, les grèves. Débarquer d'aussi loin pour passer le balai… ça ne me paraît pas réaliste.

– Essayez de trouver plus près de chez vous, je lui conseille en la reconduisant à la porte.

Pas de fer à repasser pour elle non plus. Elle est partie sans boire son thé.

Ça fait quatre fois que celle-ci me demande si le chauffage marche bien.

Elle grelotte.

– C'est dehors qu'il fait froid, je lui dis aimablement.

Je lui désigne la petite roue fixée au mur. Les chiffres sur le thermostat représentent les degrés. Zéro à quarante. Le triangle sélectionne votre choix.

Elle n'en a jamais vu, je suis certaine, à la tête qu'elle tire.

– Le triangle est placé sur vingt, regardez. Il fait vingt degrés.

Plus je lui prouve qu'il fait chaud, plus la candidate serre son chandail autour de son torse.

– Si nous devions chauffer ne serait-ce qu'un degré au-dessus, ça… ça… c'est… ça nous coûterait…

Que ça me coûte bonbon, l'œil, le bras, la prunelle, ça lui passe au-dessus. Ma ruine ne lui pose aucun problème. Celle-ci risque de monter le thermostat dans mon dos. Je note discrètement sur sa fiche : « Risque de chauffer plus que de raison. »

Jamais à l'abri d'une bonne surprise, je lui ai quand même proposé un tour d'aspirateur.

À la va-comme-je-te-pousse, elle m'a fait ça.

Quand elle est sortie, j'ai noté sur sa fiche : « Travail grossier ».

Les candidates se sont suivies. J'en ai déjà vu dix-sept. Comme dans un musée, j'ai présenté les curiosités d'Adrien. Vélo, sac, bandelettes… J'ai fait douze thés, cinq cafés, servi trois bouteilles d'Evian, fait essayer aspirateur, balai, entendu des chapelets d'excuses pour d'éventuels retards. Branché depuis ce matin, le fer n'a pas servi.

J'hésite à rayer à tout bout de champ. La quête de la femme idéale commence à déserter mon esprit. Je ne fais plus la visite guidée. « Je vous explique très vite », je répète mon laïus mécaniquement. Mon sourire est moins large. Je perds moins de temps. Je propose de l'eau. La bouteille est posée sur la table. Les gobelets en plastique de mon dernier anniversaire font l'affaire.

Quand Vahina, Vanina, Vania… Bref, elle ne va pas s'offusquer pour une lettre. Quand la dame entre, je vois tout de suite : elle avance toujours la même jambe. La droite fait un pas, la gauche rattrape la précédente. C'est plus qu'une patte folle.

– Ça va, madame ?

J'hésite à la soutenir en prenant son bras.

– …

Tendue dans sa progression incertaine, elle ignore ma bienveillance.

– Attention !

Elle se cogne le genou contre le vélo d'Adrien.

– Ça va ?

– …

Comme si de rien n'était, elle se redresse, reprend son chemin.

Ouf ! Elle atteint le canapé sans se fracasser la tête sur l'aspirateur laissé en plan par la précédente.

– Un verre d'eau ?

Merde, elle a une trace de cambouis.

– Vous vous êtes sali la jupe.

Je pointe la tache.

– …

Aucune importance. Elle doit avoir son secret pour retirer les taches indélébiles.

– Un verre d'eau ?

– …

– Voulez-vous de l'eau ?

– …

Elle pourrait au moins dire « non », « non merci », « merci » tout court, « je n'ai pas soif », « sans façon »…

Peu importe la formule, pourvu qu'elle signifie qu'elle a entendu.

Je m'assois à mon tour. Sa jambe gauche ne s'est pas pliée.

– Vous vous êtes fait mal ?

Je désigne sa jambe raide, sous la table basse.

La dame me fixe sans répondre.
– Vous avez mal à la jambe ?
Pourquoi me regarde-t-elle comme ça ?
Je suis en face du Sphinx ou de sa descendance.
– Votre jambe ! je hurle bientôt. Qu'est-ce qu'elle a votre jambe ?
J'aimerais qu'on me réponde.
Vanina, Vahina, Vania.... Bref, la dame réagit. Elle souffre d'arthrose aiguë.
– Avec les médicaments que m'a donnés le docteur, ça va, elle m'adresse enfin la parole.
Ça n'a pas l'air d'aller du tout. Elle s'est accrochée à tous les murs. Ses béquilles sont dehors, elle m'avoue, gênée.
Curieux comme tactique : elle a craint de ne « pas obtenir le poste ». En même temps, sans béquilles, elle ne peut pas marcher.
– Vous avez déjà fait le ménage chez des gens ?
J'ai peur qu'elle soit plus maladroite qu'Adrien.
– ...
– Vous avez déjà fait le ménage chez des gens ?
– ...
Voilà qu'elle est mutique à nouveau.
– Avez-vous déjà ?
Merde alors ! Je veux bien être compréhensive, mais si cette femme ne répond que par intermittence... S'il faut poser les questions trois fois avant qu'elle ne desserre les dents...
Vanina, Vahina, Vania, n'a pas qu'un problème de jambe. Elle a aussi un problème auditif, de vue. Elle entend que dalle. « Sourde comme un pot », je note discrètement sur sa fiche. Quel âge peut-elle

bien avoir ? Va… n'a plus la force de soulever un seau plein d'eau, ni d'essorer une serpillière, ni de passer sa journée pliée en deux sur mon carrelage. Jusqu'à quel âge peut-on s'inscrire à l'ANPE ?

J'en avais gros sur la patate quand Vahin… est sortie de chez moi. Je l'ai aidée à récupérer ses béquilles.

– Elle m'a filé un coup au moral, je suis allée me confier à Adrien.

Je commence à m'inquiéter le dimanche soir, alors qu'Arietta s'installe sur mon canapé.

Je garde espoir malgré ses longs cheveux désordonnés, pas nets, la couleur de ses ongles, douteuse.

– C'est du surf ?

Arietta aperçoit la housse jaune qui dépasse du buffet.

– Le « stand up paddle » de mon ami.

Un mot savant pour une grosse planche de trois mètres de long. Trop haut, l'engin est impossible à caler contre un mur. Il a fallu l'allonger sous le buffet.

– C'est plus une planche, c'est un radeau, ton truc ! je lui ai dit.

On se tient debout sur le flotteur. À l'aide d'une rame, on avance sur l'eau.

Plus Adrien m'expliquait, plus je comprenais : l'objet encombrant ne servait à rien.

Arietta est ma dernière candidate.

Je lui propose un verre d'eau. Un « oui » franc et massif.

Je lui sers l'Évian dans le dernier gobelet.

– Merci !

Joviale.

Elle est en pleine forme. Voilà qui me redonne du cœur à l'ouvrage. Arietta porte le gobelet à sa bouche. Elle renverse la tête. Hop ! Elle avale l'eau d'une traite. Elle possède un œsophage… Je me serais étouffée. Elle pousse un « ah » de bien-être. Arietta se sent à la maison. Elle essuie la goutte restée à la commissure de ses lèvres du revers de sa manche. Je suis fascinée. C'est une ogresse. Elle me regarde, l'œil pétillant, et, d'un geste dynamique, elle écrase son gobelet entre ses deux mains. Le fond d'eau gicle jusqu'à sa figure.

– Qu'est-ce que vous faites ?

Je suis sidérée.

– Ça prend moins de place.

Elle dépose le gobelet écrasé sous mon nez. Elle prend mon vide-poche fleuri pour une poubelle de table.

J'ai refermé la porte sur l'étudiante en infirmerie, la Nouvion-Thiérache, l'ogresse, la sourde, la lente, la flemmarde, la qui comprenait rien de ce qu'on lui demandait, la bûcheronne, la liste des vingt-neuf.

7

– Chou blanc, j'annonce à Adrien en préparant la salade de tomates. Je n'ai trouvé personne pour tenir le manche à ma place.

Il me passe l'huile d'olive.

– Tu ne peux pas savoir ce que j'ai vu.

Je suis obligée de faire une pause près du saladier, la main appuyée sur la bouteille d'huile. Je suis épuisée.

– Des femmes au chômage…

Rien ne surprend Adrien.

Il commence à découper une échalote. Depuis que je lui ai montré comment faire de fines lamelles, il en met à toutes les sauces. « On partage les tâches », on a décidé. Je le laisse m'aider, sans surveiller ses faits et gestes.

Je vais lui apprendre à découper autre chose, parce que, là, ça commence à me sortir par les narines. Je veux bien le laisser faire, mais j'ai pas envie de bouffer de l'échalote à chaque repas. On verra ça plus tard, je reprends le cours de la discussion.

– Ah, je te jure, je n'ai pas été épargnée. Entre les

folles, les mal élevées, toutes celles qui n'ont pas envie de travailler… Je te fais grâce des estropiées.

Je lui détaille les deux journées d'entretiens infructueux en préparant le dîner.

– Certaines n'ont aucune envie de laver par terre.

Ça me fait secouer la tête, ce manque d'enthousiasme généralisé.

– C'est pourtant passionnant…

C'est de l'ironie ? Qu'est-ce qu'il veut dire par là ?

Adrien reste concentré sur son découpage. De toute façon, lui, que ce soit le commerce, la finance ou le ménage, rien ne l'excite en matière de travail.

– Steph m'a dit qu'elle a une amie qui a une femme de ménage qui a une cousine qui travaille bien…

Je vais mettre un peu de persil dans les tomates. Je récupère mon saladier.

– Elle a tous ses membres ?

Je fixe Adrien. Cette réflexion est clairement désagréable, il s'en rend compte par mon silence. En plus d'être fatiguée, déprimée, je suis vexée. Il se rachète :

– Si Steph dit que la cousine de la femme de ménage de la copine de sa copine est bien, c'est qu'elle doit l'être.

– Tu te fous de ma gueule ?

Je lâche le persil.

C'est ma fête, on dirait, depuis deux jours. Il m'impose une femme de ménage, je fais tout ce que je peux pour accéder à sa demande, je me coltine les jean-foutre, et c'est encore moi la fautive ?

– Non, mais, parfois, tu devrais t'entendre…

– Qu'est-ce que j'ai dit ?

Je lâche le saladier. Je le fixe.

– Rien.

Ses tranches régulières mobilisent son attention plus que moi.

– Comment ça, rien ?

Si c'est ma fête, ça va être la sienne. Je cherche la confrontation. J'ai tenu devant les vingt-neuf candidates, ça va céder maintenant. J'attends un mot, une syllabe, un son pour exploser. Plié au-dessus de la planche à découper, il n'a plus rien à dire. Il cuisine.

– Elle va être bonne, la sauce de salade avec ça ! je me mets à hurler pour le provoquer.

– L'échalote, ça sauve les sauces les plus ratées.

Il en balance une tonne dans ma moutarde.

Adrien se fout vraiment de tout, c'est pas vrai !

8

– Je te propose un pacte.

Après avoir décidé de partager les tâches, Adrien veut faire les courses avec moi.

Il va me demander de signer un contrat, bientôt.

– Moi je veux bien, Adrien, je lui ai dit.

Ça m'a fait plaisir, son envie de contribuer aux corvées.

L'ennui, c'est qu'il ne sait pas faire grand-chose, ni dans la maison ni en dehors. Il ne connaît pas un magasin, pas un produit. Je ne suis pas certaine que ça m'aide, au contraire.

Je n'étais pas très optimiste, mais bon…

– Si ça t'éclate…

J'ai accepté son pacte : « Je fais des efforts / tu lâches du lest. »

Il débarrasse la table / je ne m'énerve pas s'il oublie la coriandre.

– On entre par le tourniquet à la supérette.

Je rattrape Adrien alors qu'il s'apprête à passer au milieu des caisses réservées à la sortie.

La formation commence tout de suite.

– C'est combien ?

Adrien cherche une pièce à glisser dans le sourire du Caddie.

– Un euro.

Les chariots se louent, je suis étonnée qu'il sache.

Dans cette poche ? Celle-ci plutôt ? Après qu'il a fouillé ses deux poches-soufflet, la portefeuille, les deux plaquées, celle de sa chemise, il constate : il a six poches, pas de pièce.

– J'en ai une dans mon porte-monnaie.

Je l'avais préparée avant de partir.

– On ne vous a pas vue la semaine dernière !

De sa voix perçante, la dame de l'accueil nous fait sursauter.

Qu'est-ce que j'ai mangé pendant huit jours ? Elle s'est posé mille questions.

– J'étais à Limoges.

– Ah bon…

Tout s'explique. Je me suis tapé la cloche dans un service en porcelaine.

Je pousse Adrien dans le tourniquet alors qu'elle reprend son souffle pour entamer une nouvelle discussion.

Je me suis fait bloquer une fois par la bavarde, pas deux. Je passe l'entrée à mon tour.

– Bonnes courses ! elle lance, sourire aux lèvres.

Elle sait : nous allons nous éclater à acheter de la cire au pin des Landes, du récurant senteur pamplemousse de Californie, de la lessive aux huiles de Patagonie.

Je me tape toujours le chariot à la roue coincée ! Ils me le réservent, on dirait.

Avec ces saloperies de chaînettes, impossible de choisir son véhicule. C'est le premier ou la file complète.

– Quand tu veux aller à droite, va à gauche. Quand tu veux aller devant, pars en biais.

Je donne le mode d'emploi du chariot mal entretenu à Adrien. Ça le fait rigoler, lui… Il s'en sert comme d'une trottinette.

Je jette un œil sur les fruits abîmés, les légumes décolorés.

– Les fruits, on les prendra chez le petit primeur, au bout de la rue.

Adrien repose les sacs de plastique.

– Oups, pardon.

Je cours récupérer notre Caddie.

Adrien abandonne notre chariot au beau milieu de l'allée dès qu'il repère un produit. Coincés par l'obstacle, les clients doivent patienter. Le propriétaire du véhicule ?

– Excusez-nous.

J'ôte le volume et libère le trafic.

La liste des courses est claire, dressée en fonction du jeu de piste. À cette activité, je gagne haut la main.

– La viande, on la prendra chez le boucher.

Adrien repose les steaks en barquette.

Nous parcourons les rayons au pas de course quand Adrien demande :

– Tu crois qu'on va arriver les premiers ?

Hein ? Pourquoi il me dit ça ? Je continue sur ma lancée quand je me rends compte. Adrien a raison.

Pourquoi je cours comme ça ? Même en ralentissant la foulée, on passera la ligne d'arrivée. On dirait que je participe à un cross.

– Fais gaffe.

Adrien évite de justesse une autre cliente hors d'haleine qui déboule à contresens.

C'est effectivement beaucoup trop rapide. Si Adrien ne s'était pas poussé, l'imprudente l'aurait embouti. Emportée par le poids du chariot, elle manque la sortie de route dans le virage. Je ressemble à ça d'habitude ?

Je décide de ralentir, de suivre le rythme d'Adrien. Qui sait ? Ça va peut-être me plaire, de musarder sous les néons.

– Les yaourts, on les prendra en même temps que les fromages.

À vitesse contrôlée, nous passons, rayon suivant.

Dieu que cette femme se donne du mal avec son gamin de trois ans. Il s'accroche aux confiseries. Il hurle. « Il a faim. » Sous pression, sa mère cède sur les bonbons bleus, en forme de crocodile.

Grosse erreur. Si j'avais un enfant, je ne céderais pas aux caprices.

– Elles sont nulles, ces brosses à dents. On les prendra à la pharmacie.

Je les replace parmi les autres, suspendues par leur crochet de carton.

– Je me demande pourquoi on vient faire les courses ici, quand tout est meilleur dans tous les autres magasins ?

Adrien regarde le fond du chariot. Boîte de thon, boîte de sardines. Petits pois en boîte.

– Il nous faut des tomates pelées.

On a dû sauter une ligne de ma liste, on a déjà ratissé ce rayon.

– En boîte ?

– T'es marrant, tu crois que j'ai le temps de peler des tomates ?

Je reviens sur mes pas.

Je consulte mes notes, au rayon produits d'emballage. Sopalin, papier alu, papier lyophilisé, papier toilette, papier...

Adrien m'interpelle du bout de l'allée.

– Les produits ménagers ? Je les prends tous, ou il y en a dont on n'a pas besoin ?

Je lui apporte la liste.

Lingettes multi-usages. Lingettes sols carrelés. Lingettes sols stratifiés. Lingettes vitres. Lingettes bois. Lingettes démaquillantes.

– Dis donc, c'est drôlement bien fait, ta liste. C'est répertorié par catégories. Boîte, boîte, boîte. Papier, papier, papier. Lingettes, lingettes, lingettes.

Je souris devant le compliment. Les courses demandent un minimum de préparation si on ne veut pas en oublier la moitié ni y passer la journée.

Trois packs d'eau.

– T'es sûre, c'est pas mieux d'aller directement à la source ?

Adrien plaisante en soulevant les litres pour les poser sur le tapis de la caissière. Ha, ha, ha ! supermarrant ! Il est drôle, faut quand même avouer.

Au deuxième pack, il a l'air de soulever un océan.

J'arrête de rire quand la caissière nous annonce :

– Il n'y a pas de livraison aujourd'hui.

– Comment ça, pas de livraison ?

Nous ne pouvons pas porter tout ça. Le tapis et notre chariot débordent des produits les plus lourds. J'arrête d'étaler la marchandise sous le nez de la caissière. Je considère la situation, puis le panneau. Les grosses lettres blanches, sur fond rouge, indiquent : « Livraison gratuite, 7 jours sur 7 de 10 à 20 heures », c'est lisible à cent mètres. « À partir de cent euros. » Là, il y en a à l'aise pour cent cinquante.

– L'engagement n'est pas tenu.

J'aimerais que la caissière relise la promesse faite à l'entrée du magasin. Comme convenu avec Adrien, je me retiens de vociférer à la moindre contrariété.

Le litre de lait en suspens devant son lecteur de codes-barres, la caissière tourne nonchalamment la tête, m'offrant un visage désabusé.

Elle ne va pas trouver la solution à ma place, je peux lire dans son œil vide de toute compassion.

– Un haltérophile ne porterait pas tant de kilos.

Je lui annonce qu'elle me surestime ou me prend pour une mule.

Son manque de réactivité me laisse entendre : ce n'est pas son problème. La dame est là pour passer les produits, elle les passe.

Si je laisse tout en plan sur son tapis, ça devient le problème de qui ? j'ai envie de lui demander.

– Elle n'est pas responsable, m'a glissé Adrien.

Je m'en prenais à la mauvaise personne.

La caissière n'avait jamais mis le panneau. Ses employeurs étaient des menteurs. Ils disaient, écrivaient ce qui n'était pas vrai.

– C'est de l'arnaque, cette publicité !

Je me suis mise à beugler à la caissière qu'elle travaillait pour des mythomanes.

J'ai demandé qu'on fasse venir un des responsables.

– Ils ne sont pas là.

Ça ne changerait rien que je continue à m'énerver.

– On va les attendre !

Où qu'ils soient, ils m'avaient sûrement entendue.

La crécelle n'était plus derrière son comptoir d'accueil ? Elle s'intéressait à la porcelaine, mais plus personne lorsqu'il s'agissait de prendre ses responsabilités !

Derrière moi, un client, impatient de porter lui-même ses achats, s'est mis à soupirer bruyamment.

– Alors, ça avance ?

Combien de temps allait-il encore paumer par ma faute ? Il s'adressait à la caissière par-dessus ma tête.

– Comme vous pouvez le constater, monsieur, ça n'avance pas, j'ai répondu à la place de l'employée muette.

On était censé me vendre des produits, mais aussi de me les livrer ! J'ai failli piquer une crise de nerfs dans la supérette.

Tenant lui-même rarement ses engagements, Adrien a très bien accepté que les autres en fassent autant. Maître Yogi est finalement intervenu dans le conflit.

L'alternative à la non-livraison ? Mon cabas rose, posté près des portes automatiques.

– C'est pour les produits frais.

Ça allait me le bousiller à coup sûr.

– C'est mieux que de se casser le dos à porter trente kilos de flotte.

Adrien imaginait faire entrer les trois packs d'eau dans mon fragile cabas.

– C'est pour les légumes, regarde.

Deux petites carottes, un navet et un poireau étaient dessinés sur la toile. Si c'était pour des poids lourds, ils auraient dessiné des éléphants ou des parpaings !

Adrien a tâté le tissu ciré. Il a tiré sur la manette, appuyé sur les roues.

– Ça peut tenir.

Sûr de la robustesse de l'engin, sûr qu'aucune autre solution ne se présenterait, il se déclarait prêt à traîner trente kilos de flotte sur mes roulettes.

Le renégat n'a pas mis longtemps à passer dans le camp adverse.

Sans plus se soucier de ma volonté, Adrien a écrasé le premier pack d'eau dans mon cabas. Il a fini d'étaler nos produits sur le tapis.

– Si on m'avait prévenue, je n'aurais rien acheté ! j'ai quand même lancé, alors qu'il composait le code de ma Carte bleue.

Le paquet de café du client suivant déboulait déjà à toute berzingue sur nos lingettes.

Pourquoi Adrien donnait-il toujours raison aux autres plutôt qu'à moi ?

– T'as vu ?

J'ai montré le cabas éventré à Adrien quand on a refermé la porte de l'appartement.

Il était emmerdé devant la toile cirée déchirée.

Je l'avais pourtant dit.

Pourquoi Adrien écoutait-il toujours les autres avec plus d'attention ?

9

C'était comme un rêve quand j'ai ouvert la porte du vaste bureau de monsieur Trémaux.

– Une surprise vous attend, m'avait pourtant prévenue mon supérieur.

Derrière la lampe-bouillotte, la surprise était de taille : le P-DG en personne, monsieur Devallombrin, se tenait debout dans son costume glacé. Il me souriait. Je ne l'avais croisé que furtivement. Une fois, il m'avait serré la main, saluant déjà la personne derrière moi.

– Nous nous sommes rencontrés au meeting AERA, il m'a dit d'emblée.

Cet homme avait une mémoire phénoménale. Ça m'a fait peur au début. Jamais je n'aurais imaginé qu'il se souviendrait de moi. Encore moins où ! À l'entrée de madame la ministre, j'avais fini à moitié écrasée par la meute. Elle avait salué mon patron comme un ami. On lui avait tendu une centaine de mains, au meeting. Notre échange n'avait pas duré un quart de seconde.

C'est ça, un P-DG de grande entreprise. Les

connaissances, l'élégance, mais aussi la mémoire. Quel savoir-vivre !

– C'est une charge de travail considérable, des responsabilités lourdes.

DG et P-DG me prévenaient, ce ne serait pas de tout repos. Ce poste convoité n'était pas à la portée de tous.

– Votre salaire suivra en conséquence.

Trémaux s'était penché. Il avait détaché une feuille du bloc-notes sur sa table. Son stylo Montblanc s'était agité rapidement. Le chiffre. Le DG m'avait tendu le papier, guettant ma réaction.

– …

J'avais du mal à refermer la bouche. C'était énorme. Jamais je n'aurais envisagé en gagner la moitié.

– Ça vous ira ?

On m'offrait le butin d'un hold-up.

– C'est par an.

Trémaux pensait modérer ma surprise.

Je levais les yeux.

Ma vue se brouillait. Tout m'apparaissait irréel, d'un coup. Ces deux hommes étaient tout petits, non ? Ou alors ils étaient loin ? La lampe n'était-elle pas plus verte ? Pourquoi y avait-il une chouette orange sur l'étagère ? Quelle heure pouvait-il bien être ? Je ne savais plus où j'en étais.

– Messieurs, je ferai tout pour ne pas vous décevoir.

Ma voix est sortie plus claire que moi.

J'ai vérifié le chiffre avant de replier le papier. Avais-je bien vu ce que j'avais vu ? Je gardais le poing serré. De peur que le papier ne s'envole, peut-être.

– Est-ce que cela ne mérite pas un verre de champagne ?

Le P-DG voulait marquer le coup.

La bouteille tout entière, s'il voulait. J'étais dans les limbes. Déjà soûle, j'avais l'impression d'avoir gagné à la loterie nationale. Je me sentais de taille à boire la caisse complète. J'entendais à peine le tintement des verres.

– À votre carrière !

Je devais être en train de sourire. Mon aspect extérieur paraissait normal, je ne notais aucune inquiétude dans l'œil des deux petits hommes en face de moi, au fond de la pièce, bref, où qu'ils se trouvent, ils avaient l'air serein.

Faudrait peut-être que je rabaisse mon verre, resté à hauteur du toast porté. Une petite conscience persistait quelque part, dans un coin de ma tête. Est-ce que je n'étais pas en train de me balancer légèrement, moi ? Je soulevai discrètement un pied pour juger de mon équilibre. C'est bien ce que je craignais, j'étais à deux doigts de m'étaler dans le bureau. Mieux valait reposer le pied rapidement.

Ça me filait un coup, cette promotion, en fait. Parce qu'il fallait bien appeler un chat, un chat. J'étais bel et bien promue. J'aurais dû danser la bigouden. Au lieu de quoi, j'avais l'impression de m'être pris un coup de poêle à frire de chaque côté de la tête.

Alors que nous trinquions pour la énième fois, j'ai opté pour le coin droit du bureau. Calé entre les deux fesses, le coin me permettait de rester debout tout en étant assise. C'était un peu raide, mais mieux que de tomber sur le P-DG. Cinq exemplaires de mon contrat coincés sous l'aisselle, la secrétaire est entrée. Qui était cette dame aux allures d'employée modèle ? Je ne reconnaissais ni sa voix, ni sa démarche. Pourquoi piétinait-elle comme ça ?

La secrétaire a ouvert son aile et libéré les feuilles imprimées.

– Vous réfléchissez tranquillement chez vous, a dit le DG.

Réfléchir ? À quoi ? Je sortais de mes pensées éthyliques.

Le petit Trémaux était cinglé ? Sans même enlever manteau ni godasses, j'allais signer direct en rentrant, c'était sûr.

– Il vous les faut pour quand ?

Ma voix est sortie plus claire que moi.

– Début de semaine prochaine.

Ma tête a opiné toute seule.

– Mademoiselle Firmon devient votre assistante. C'est une femme compétente, vous l'aurez remarqué.

Oh mon Dieu ! Les bulles de champagne sont entrées dans mon nez. Ça m'a piquée de partout. Merde, je vais choper une sinusite. Mademoiselle Firmon ? Ce n'est pas Steph. Steph s'appelle mademoiselle Calvin. Qu'est-ce qui se passe ?

Steph ne sera plus mon assistante ? Mes deux pieds ont repris contact avec le sol. Steph et moi allons être séparées ? J'étais en pleine course dans mes conduits internes.

Le P-DG a pris congé, le DG devait rentrer.

J'ai quitté la fête la dernière. Les dossiers sont passés de l'aisselle de la secrétaire à la mienne. J'ai tout de suite téléphoné à mon amie.

– On ne va pas être séparées puisque tu vas diriger la com de la filliale. Je vais avoir un nouveau chef, et toi, une nouvelle assistante. Je n'ai pas rendu la feuille de candidature. Je n'ai aucune envie de bosser plus.

Comme Adrien, Steph manque d'ambition.

– Tu me connais, je m'entends bien avec tout le monde.

Stoïque. Cette dernière réflexion m'a laissée stoïque. Moi ou une autre…

J'en ai oublié d'acheter le pain.

10

– J'en étais sûre !

J'ai balancé le test sous le nez d'Adrien. Le petit plus, dans la fenêtre de droite : positif ! J'étais furieuse. Comment je vais faire ? Qu'est-ce que je vais faire ? Oh putain ! Oh la tuile ! Il ne manquait plus que ça. Oh merde, oh purée ! Je suis dans de beaux draps. Oh, non… Je marchais en carré dans le salon.

Adrien était ahuri devant la baguette en plastique qu'il tenait du bout des doigts. Comme si elle allait lui sauter à la figure.

Oh putain, oh merde, oh non, il ne manquait plus que ça ! Je marchais plus vite.

– De combien ?

Adrien y connaissait que dalle.

– Je n'en sais rien ! Un mois, un mois et demi peut-être. Ce truc dit positif, c'est tout. Il n'y a pas un laboratoire camouflé à l'intérieur.

Il fallait que j'aille chez le gynécologue. Oh purée, oh mince ! C'est pas le moment, j'ai du boulot par-dessus la tête. Ah la vache !

Mon carré devenait un losange, un rectangle, tout

ce qui comporte des lignes droites, des angles. Je décrivais des figures géométriques infinies sur le parquet.

Oh mince, oh non… On s'est gourés dans les dates ou quoi ? Je ne pouvais me rendre à l'évidence.

Je reprenais mon agenda. Le 18 octobre, plus vingt-sept jours, ça nous mène au 14 novembre, plus vingt-sept jours, 11 décembre. J'étais couverte jusqu'au 14… Je relevai la tête.

– On était quel jour, Adrien, quand on s'est dit qu'on pouvait y aller ?

Le tube en plastique à la main, Adrien me regardait, les yeux écarquillés.

– Ben…

Dispo sept jours sur sept, il ne comprenait rien à ces histoires de périodes compliquées.

– On s'est gourés, c'est sûr.

Je lâchai mon agenda pour reprendre ma course dans le salon.

– En même temps, c'est un peu chiant depuis que t'as arrêté la pilule…

Merci, je suis au courant. Je pouvais confirmer : tenir notre planning était une tannée.

Je ne fais que ça, tous les mois : compter les jours. Normalement, ça fonctionne, mais là, il y avait une boulette. Ça arrive de se tromper, non ?

C'est pas à cause d'une erreur exceptionnelle de calendrier que je vais reprendre cette saloperie.

– Quand on travaille à la com, il vaut mieux ne pas ressembler à une baudruche.

La pilule fait grossir, toutes les filles savent ça.

Si Adrien tenait la barrette en plastique du bout des doigts tout à l'heure, il la tenait comme une relique à présent. Il la regardait presque avec tendresse. « C'est un peu de moi, ce morceau de plastique », je pressentais qu'il allait me sortir.

L'un de nous deux n'était pas à l'heure. Adrien et moi ne vivions pas dans le même fuseau horaire. Il y a trois ans, j'y avais pensé. Ce n'était pas le bon moment.

Depuis trois ans, il a dû y penser.

– Je ne peux pas le garder. Je viens juste d'obtenir le poste de ma vie, j'ai dit avant de prendre rendez-vous avec madame Goya.

– Pourquoi je ne peux pas venir avec toi ?

Adrien n'avait aucune envie de m'attendre dans la voiture, alors qu'il me conduisait chez madame Goya.

– Ça me concerne aussi.

Il a insisté lourdement en me déposant au numéro 12 alors que c'était au 22.

J'ai claqué la portière de la voiture. Assez fastidieux comme ça, je n'avais pas envie de « partager » ce moment à oublier aussi vite que possible. Je me rends seule chez madame Goya. Avec ou sans lui, de toute façon, ce n'est pas le genre d'endroit où j'aime aller. Je finis les dix numéros à pied.

– Vous avez aussi un souffle au cœur. On ne vous l'a jamais dit ?

Le médecin n'en finit plus de m'annoncer : mes jours sont comptés.

– Vous avez un peu d'emphysème aussi… On ne vous l'a jamais dit ?

– Non…

– Vous fumez ?

– Peu…

– Ben, faut arrêter. Vous n'êtes pas en si bonne forme.

Madame Goya, habituellement aimable, a des airs insupportables aujourd'hui. Lorsque je viens pour mes examens de routine, tout est beaucoup plus détendu.

Ma gynécologue se torture les méninges. Elle se gratte la tête. Ses cheveux secs et roux crissent sous ses doigts.

Elle aimerait me faciliter la tâche, mais là, franchement… C'est tout de même un tour de force qu'on lui demande.

– La médecine a ses limites, elle déclare d'un ton fataliste.

Madame Goya veut bien m'aider pour la suite des événements, mais changer le cours naturel des choses relève pour elle de l'hérésie. Je suis dans une mauvaise situation, et je vais y rester.

Comment lui expliquer : je ne veux pas d'enfant parce que je bosse ? Elle va nous jeter dehors, moi et ma barbarie. Des publicités pour l'allaitement durant deux ans décorent les murs de son cabinet. Des ventres prêts à éclater emplissent la salle d'attente.

Madame Goya ne m'aidera pas, c'est net comme le papier déroulé, immaculé sur sa table d'auscultation.

– J'ai trompé mon ami.

L'idée de génie m'est venue d'un coup.

En avouant cette faute, je mets fin au discours moralisateur. Je suis une dévergondée, un point c'est tout. Une dévergondée ne mérite pas un si grand bonheur. Si le devoir de toute femme respectable est de se reproduire, celui d'une dévergondée est de s'en abstenir.

« Le mensonge est l'oxygène de la respiration sociale. » J'adhère totalement à cette façon de penser aujourd'hui, dans le cabinet de madame Goya.

J'assume l'acte hautement condamnable.

Les lèvres pincées, la gynécologue encaisse le choc. Que peut-elle bien répondre à cela ? Quand le coupable s'accuse lui-même, on ne peut plus l'ignorer.

Elle va finir complice si ça continue. Elle vient de comprendre : elle s'est trompée sur la patiente.

La gynécologue attrape un rond de carton sur son bureau. Elle en tourne lentement les disques.

– C'est plus récent que ce que vous imaginez. Vous êtes à peu près à cinq semaines d'aménorrhée. C'est comme ça qu'on dit.

Sa voix devient aussi raide que la situation.

– Vous n'envisagez donc pas de le garder ?

Ça commence à faire son chemin dans la tête de madame Goya.

– Non.

– Vous pensez qu'un dialogue n'est pas possible avec votre… celui… partenaire habituel ?

– Non.

La gynécologue ne sait plus comment nommer celui qui n'est pas mon mari, partage peut-être ma vie, ça, on n'en est pas sûr vu qu'il se laisse tromper, qui pourtant accepterait d'être le futur père de cet éventuel enfant. Qui sait ?

– Non.

– Les préservatifs protègent du sida, mais prémunissent aussi des problèmes de ce genre.

Elle doit maintenant expliquer à une adulte ce qu'elle n'a pas besoin d'expliquer à une gamine.

Je hoche la tête. Je lui signifie que j'en prends bonne note pour la suite de mes aventures de débauchée.

– Il y a des patientes, il leur est arrivé la même chose, elles ont décidé de le garder…

Elle va se mettre la tête en sang à se gratter comme ça.

Le médecin se trouve en face de ce qu'on aimerait bien ne jamais rencontrer : un cas irrécupérable qu'il faut malgré tout prendre en considération. C'est malheureusement la loi. Des féministes enragées ont réussi à extorquer ce droit au gouvernement français voilà quelques décennies. Depuis, les Françaises baisent à tire-larigot.

– Un métier si joli, je suis malheureuse chaque fois d'avoir à subir le revers de la médaille.

– Il y en a beaucoup ?

D'un geste, elle évoque des kyrielles de dévergondées.

– Donc, l'anesthésie générale vous fait peur ? C'est bien ça ?

– C'est ça.

C'est surtout que je ne peux pas prendre une journée en ce moment.

– Si vous êtes courageuse, en local, on peut très bien s'en sortir.

Madame Goya énumère les détails que ma mémoire décide d'effacer tant le sordide prend le dessus.

– Je ne suis pas courageuse, je dis d'une voix ferme et définitive.

– Ah bon ?

Elle lève un visage faussement étonné.

Pourtant, avec la vie trépidante que je mène…

J'opte pour les cachets. Pas besoin de prendre de RTT. Ce n'est pas du tout le moment. J'aurai un peu la nausée, je suis robuste.

– Vous en connaissez les risques ?

– Non.

– Accident cardiovasculaire, risque d'hémorragie, crise cardiaque…

Elle m'en passe et des meilleures.

– Je cours le risque.

Madame Goya ouvre son tiroir à contrecœur. Elle en sort un formulaire.

– Les médicaments sont distribués à la clinique le vendredi pour la première prise, le dimanche pour la seconde. Il y a parfois un délai. Certaines infirmières refusant de donner ces médicaments, il faut bien entendu que celles qui acceptent soient présentes.

– Il y en a qui refusent ?

– C'est la part de conviction.

Je ne suis qu'au début de mon chemin de croix, elle semble ravie de m'apprendre.

Madame Goya me fait signer le formulaire de consentement.

– Je soussignée, confirme que j'ai décidé d'interrompre ma grossesse ainsi que la loi m'y autorise.

Je suis sortie de son cabinet avec une petite amertume ; je pensais qu'elle me soutiendrait. J'ai soupiré un grand coup en descendant les escaliers. Est-ce que j'aimerais être mère ?

Toute façon, ce n'était pas le moment.

– Elle a dû me prendre pour un salaud…

Adrien était dépité quand je suis remontée dans la voiture devant le numéro 22.

– Je lui ai dit que je t'avais trompé. Elle te prend pour un cocu.

On s'est engueulés pendant toute la route.

11

– Tu me dis ce que tu en penses, Adrien. Sincèrement. Ne me fais pas de cadeau. Tu me dis si ça te donne envie d'y aller. Tu me dis si c'est clair. Tu me dis ce que je peux améliorer.

Notre maison-mère, Assu-Tout, met en avant notre nouveau produit : sa mutuelle pour animaux domestiques, « Assu-toutous ».

Je dirige désormais la communication de la filiale et le congrès dévolu à cette innovation. Je mesure la chance qui m'est offerte, le poids de mes responsabilités.

Adrien et moi sommes assis côte à côte pour regarder ma première interview en tant que dirigeante. J'espère que ça l'intéressera. J'espère que ça lui plaira. J'espère avoir été à la hauteur.

Adrien est concentré sur l'écran de la télévision. Je monte le volume. Je ne bouge plus. Le jingle commence à l'heure.

Le présentateur prend la parole :

« Bienvenue dans cette nouvelle édition du JT des nouvelles des assurances.

« Cette semaine, nous parlerons du congrès d'un

nouveau genre qui ouvrira ses portes dans quelques jours.

« La ville de Tourly-sur-Mer est en effervescence. Le 11 avril prochain s'ouvre le congrès : professionnels-assurances, mais aussi public-assurances.

« Je me tourne vers la responsable communication de cet événement. »

Je balance un coup de coude à Adrien, tant je suis excitée.

« – Sybille Mercier, bonjour. »

J'apparais dans ma robe fuchsia.

« – Bonjour. »

C'est trop criard, cette couleur ! Je suis toute rose à l'écran.

« – Vous gérez la com de cet événement d'envergure. Pouvez-vous en dire quelques mots à nos spectateurs, qui piaffent d'impatience ? »

J'ai l'air d'un bonbon chimique dans le téléviseur. L'accoutrement cloche avec mon attitude sérieuse.

D'accord pour en dire quelques mots, la sucrerie hoche la tête :

« – Cette manifestation, organisée avec le soutien de la FFSA, de la ROAM, du GEMA, mais aussi du FNMS, du MFP et du Setipp, a pour objectif de réunir les managers de l'assurance, qu'ils soient DG, DAF, DSI, DRH, FNMF, dir co, dir com, des compagnies, des mutuelles, des caisses de retraite, des IP, de la réassurance et les courtiers. Donc, pour la première fois, si j'ose dire, toutes les familles de l'assurance sont réunies… »

C'est une horreur, je vais me faire démonter par Trémaux. Adieu, Assu-toutous, ils vont me retirer le poste quand ils vont voir mon accoutrement.

J'ose à peine regarder Adrien tandis que le générique défile sous nos yeux. Figé face à l'écran, Adrien n'en revient pas, lui non plus. Même Barbara Cartland n'a jamais poussé le bouchon si loin, j'ai bien conscience. J'aurais mieux fait de garder ma jupe avec ses pois déformés. Une fois assise, on n'aurait rien vu. Si Steph avait été mieux réveillée ce jour-là…

– Alors ?

J'attends qu'Adrien fasse ses commentaires à son tour. Ma tenue était atroce, c'est incontestable. Pour une fois, je le comprendrais.

Bouche ouverte, Adrien reste muet.

Bon, ben, ça va. Il peut s'en remettre à présent ?

– À part ma robe immonde, tu trouves l'interview comment ?

Je ne suis quand même pas la première sapée comme l'as de pique à l'écran. On dirait qu'il va vomir.

Adrien donne enfin signe de vie. Il lève la télécommande et coupe le son.

– J'ai rien capté, il me dit en se tournant vers moi.

Comment ça, il n'a rien capté ? Ma jupe me serrait, j'ai pris un vêtement de rechange, mal approprié, il n'y a rien à capter.

Quand on surveille le four, c'est souvent le lait qui déborde.

– Tu ne peux pas dire les mots en entier ? C'est quoi, ce langage codé ?

Il ne s'attaque pas à ma tenue, mais à ma façon de parler.

– Si le but était de s'adresser au quidam, c'est raté… Faut filer le manuel en même temps que l'interview. Ça va donner envie à personne, parce que c'est incompréhensible. FFSA, DAF…

Il aurait mieux fait de garder la bouche ouverte ou de la fermer, si c'était pour dire ça. Il n'a pas vu ce qui sautait aux yeux, n'a rien compris à ce qui était clair.

– Aujourd'hui, tout le monde emploie les sigles. Plus personne ne dit « président-directeur général », tout le monde dit « P-DG ».

Adrien est d'un archaïsme déconcertant.

– Pourquoi t'apprends pas le morse pendant que tu y es ? On se croirait à Hambourg en temps de guerre.

Il est con ou il le fait exprès ?

Adrien fonctionne à l'opposé du monde. Quand la terre tourne dans un sens, lui, marche dans l'autre.

– T'imagines ? J'ai besoin d'une heure et demie d'antenne, si je dis tous les mots !

– Un ou deux mots normalement prononcés, ça aide à la compréhension.

Il ne veut pas en démordre.

Assis sur le canapé, il est désolé pour moi, mais ce qu'il vient d'entendre, c'est du charabia.

– Ce que tu ne comprends pas, ce sont les sigles. Les sigles font partie du vocabulaire de notre siècle, de notre langue, Adrien. Il faut les connaître aussi bien que les mots anciens. On les emploie beaucoup, chez les assureurs, comme dans pas mal d'entreprises, que ce soit des EURL, SARL, SA, SAS, SASU, ou même SNC. Il y en a plein les journaux, des sigles, plein le dictionnaire. Je vais te dire ce que ça donne, FNMS par exemple, si je le dis en entier, ça donne : Fédération nationale des métiers du stationnement.

– Pfff... Tout ça pour dire gardien de parking...

Il se fout complètement des nouvelles normes. Il prend les nouveaux corps de métier pour des emplois obsolètes. Il se figure peut-être qu'existent encore les pompistes à la station d'essence, les aiguiseurs de couteaux ?

Quand il achète sa carte de métro, c'est à la « Régie autonome des transports parisiens » qu'il libelle son chèque. La RATP, jamais entendu parler.

– Je suis dir com d'Assu-toutous, pas des archives de la langue française ! C'est pas la peine de lire tes bouquins sur les déboires mondiaux si tu n'en apprends rien. Si ça ne t'aide pas à comprendre le monde qui t'entoure. Si tu vis sur une autre planète !

Il commence à me courir, avec ses réflexions tordues.

– J'y apprends qu'une partie de l'humanité en rackette une autre. Qu'une partie prend l'autre pour des cons. Ce ne sont pas les assurances qui me réjouissent le plus. Encore moins ta mutuelle pour lapins.

Ça le contrarie, cette histoire de protection pour animaux domestiques.

Quand une partie des humains n'en bénéficie pas, il ne voit pas « comment une ministre, même de l'Économie, peut s'intéresser à cette connerie ». Il m'a lancé ça lorsqu'on m'a nommée responsable du projet.

– Ça t'énerve aussi que ce soit mon gagne-pain ?

Il a été obligé de l'admettre : ma « connerie » rapporte désormais le double de son prétendu travail.

Fabriquer des jeux abrutissants pour téléphones, sous prétexte que, « au moins, c'est drôle », il trouve ça plus glorieux, peut-être ?

Nous n'avons pas la même notion du divertissement.

– LT.

– Pardon ?

– LT : laisse tomber, il me dit la gueule enfarinée.

Je préfère m'enfuir du salon.

12

On sonne à l'interphone. C'est elle. C'est Fao.

– Montez, Fao !

C'est un bon point. Je souligne la ponctualité de Fao à Adrien qui s'en fout comme des taches de dentifrice sur le miroir de la salle de bain.

Elle ou une autre… Ce qu'il veut, lui, c'est que j'engage une femme de ménage.

– Fais un effort.

Il va s'enfermer dans mon bureau avec son nouveau livre sur « la répartition des denrées alimentaires ».

– Bonsoir, Fao.

J'ouvre la porte sur une petite femme asiatique, d'à peine trente ans. Ses cheveux noirs, raides, sont coupés au carré. Timide, elle s'essuie les pieds sur le paillasson avant de franchir le seuil. Elle ne la ramène pas, je vois tout de suite.

– Je vous offre un thé ?

La pauvre a l'air morte de trouille.

Debout, les pieds joints, les bras le long du corps, Fao refuse la boisson.

– Entrez, entrez.

Je l'invite à investir les lieux, je fais de mon mieux pour la mettre à l'aise.

– Un café ?

D'un rapide mouvement de tête, la jeune femme décline cette nouvelle proposition.

– Un verre d'eau ?

Pas de verre d'eau non plus. Fao ne veut rien. Fao veut un emploi.

– Si vous voulez bien vous asseoir.

Elle me suit jusqu'au canapé, retire rapidement son manteau, qu'elle plie sur ses genoux. Elle attend.

Cette femme va finir par me foutre le trac, tant elle est protocolaire. Son attitude me place à un poste que je n'avais jamais envisagé. Celui de patronne.

C'est fou, ça, j'avais gambergé sur tout un tas de possibilités concernant les candidates, qui seraient-elles, comment se comporteraient-elles, je n'avais jamais pensé qu'une candidate ferait autre chose de moi qu'une maniaque à la recherche d'une aide-ménagère.

Après tout, il va bien falloir que je m'y fasse.

Si j'engage une personne, elle devient automatiquement mon employée. Je deviens automatiquement une patronne. C'est moins anodin que prévu. J'éprouve de la gêne dans mon fauteuil.

– Comment vous appelez-vous ?

– Faotina Risenassa.

Sa voix grave reste dans sa gorge. Fao a un terrible accent. Ses consonnes sont des *d*, des *p*, pour la majorité. Elle roule les *r*.

– D'où venez-vous, Faotina ?

– *Pilipine.*

Fao vient des Philippines.

– Une de mes amies y a fait un voyage merveilleux. Elle m'a montré des photos absolument splendides.

– …

Si je pensais entrer en connivence avec elle, c'est raté. Elle ne s'émeut pas le moins du monde, alors que je vante la beauté de sa patrie d'origine. Faotina Risenassa n'est pas devant moi pour siroter, parler voyages, encore moins pour se faire une copine. Elle a fui cette destination de rêve, paradis pour touristes, enfer pour les autres. Elle a bu du thé ce matin. Les copines ne lui mettant pas de pain dans son assiette, elle vient passer un entretien d'embauche.

Ça recentre le sujet.

– Avez-vous déjà occupé un poste de femme de ménage ?

Oui, mille fois oui. Faotina Risenassa m'énumère le nombre d'appartements qu'elle a nettoyés, le nombre de pays traversés.

Taïwan, Kuala Lumpur, Singapour, Hong Kong, Shanghai, Bangkok, Doha, al-Rahba, Mina Jabal Ali, Dubaï, Germany, Geneva…

À trente-deux ans, cette femme a nettoyé la moitié de l'Asie, des Émirats, et maintenant de l'Europe.

À trente-sept, j'ai pris l'avion deux fois. J'ai visité l'Espagne, la Grèce.

Je n'ai pas plus de questions à lui poser, son CV est plus rempli que celui des vingt-neuf candidates réunies.

Étions-nous faites pour nous rencontrer ? Je ne possède aucun objet de valeur, ils me sont tous précieux. En prendra-t-elle soin ?

J'ai l'impression de déménager, subitement.

Bien que je n'aie pas aimé la comparaison, Adrien n'avait sans doute pas tort lorsqu'il me prêtait des comportements animaliers :

– Tu marques ton territoire, il m'a sorti un jour.

Je revenais d'un déplacement à La Ciotat. À peine un pied dans la maison, ma valise défaite, je m'étais ruée sur la Javel.

– Tu me traites de chien ?

– Non, mais tu fais comme eux. Tu te réappropries les lieux. Eux pissent, toi, tu nettoies.

Je n'ai pas voulu polémiquer.

Je croise les doigts quand Faotina Risenassa s'empare de mon fer à repasser, de ma jupe bleu clair. Le geste précis, le regard concentré, les plis disparaissent à une vitesse prodigieuse.

Je manque de me casser la figure dans le couloir, alors que la jeune femme termine la première chemise en moins de temps qu'il ne m'en a jamais fallu pour une seule manche.

– Adrien, une bombe ! T'as jamais porté une chemise aussi impeccable. Elle est exceptionnelle !

– Eh bien, engage-la…

Il lève à peine le nez de son livre.

Ça dépasse mes espérances. Je suis impressionnée par le professionnalisme de Faotina. La cousine de la femme de ménage de l'amie de Steph repasse aussi bien que la machine à vapeur du pressing.

– Je vous félicite. C'est parfait. Excellent.

Ravie, je la reconduis dans le salon.

Faotina ne s'enorgueillit pas de mes compliments. Droite comme un *i*, elle se rassoit, attend la suite des tests. Ah... Bon. Je regarde l'aspirateur. Après ce que je viens de voir, pas la peine de lui faire cet affront. Je suis convaincue : je me tiens devant la meilleure.

Il y a urgence ! Je veux fixer les modalités d'engagement. J'ai peur qu'elle me passe sous le nez, maintenant.

Fao cherche un plein temps, au smic, m'a prévenue Steph.

L'appartement est grand, il y a assez de travail pour un temps complet.

– Adrien est un homme charmant, mais il déteste ranger la moindre paire de chaussettes.

Faotina sourit enfin. Les hommes et la propreté, ça fait deux, elle sait.

– Du fait de mon travail, je suis souvent en représentation. Je peux me changer deux fois dans la même journée.

Voilà une charge conséquente, rien que pour le linge. En plein centre de Paris, les fenêtres se salissent à une vitesse folle. La poussière est omniprésente.

Fao enregistre déjà les priorités.

– Je pense que nous sommes en mesure d'imaginer un plein temps, n'est-ce pas ?

Fao acquiesce. Ses yeux se promènent des fenêtres au sol, des étagères aux abat-jour.

– Dans un premier temps, nous partirons sur un CDD.

J'éprouve un peu de gêne à mettre en doute ses capacités évidentes. Cette fille est une perle, je n'en démords plus. Un CDD de trois mois, et puis suivra un CDI.

– …

– Ça vous va ?

– …

Devant sa mine déconfite, je perds un peu de mon enthousiasme.

Que préfère-t-elle ? Je ne vois aucun inconvénient à négocier.

– Vous préférez des chèques emploi-service ?

– …

Sa délicatesse l'empêche de quémander, je la sens inquiète maintenant. Sa tête rentre peu à peu dans ses épaules. Je dois trouver la solution moi-même.

– Il me suffit de les demander au banquier. Ça me prendra cinq minutes.

– …

Fao n'a rien compris de ce que je viens de lui raconter ou bien elle est outrée par ma proposition. En pleine aberration, les yeux ronds comme des billes, elle me regarde comme si je l'injuriais.

– Cela ne vous convient pas ?

J'ai commis une erreur quelque part, si j'en juge à son changement d'attitude.

À tout problème, il y a une solution : si je suis sur une mauvaise piste, je veux bien me rattraper.

Comme si le ciel allait s'écraser sur nos têtes, Fao ne réagit plus. Sur la défensive, ses épaules dépasseront bientôt ses oreilles si elle continue d'y enfoncer la tête.

En quoi se sent-elle menacée ?

– C'est cette histoire de CDD ? Il ne faut pas mal le prendre, c'est la procédure légale. Je l'aurais fait avec n'importe quelle autre personne. J'ai moi-même commencé par un CDD.

Fao fait non de la tête.

– Vous voulez bien un plein temps ? Qu'est-ce qui cloche ?

Fao fait oui de la tête.

– Le salaire ne vous va pas ?

Je peux lui faire quelques demandes supplémentaires. Ça lui fera des petits plus… Aller à la poste pour moi. Après tout, « le temps, c'est de l'argent ».

Porter, récupérer ce qui se lave à sec chez le teinturier.

Fao fait oui. Oui à tout. Ben alors quoi ?

À bout d'arguments, je cesse ma litanie de questions. Bon, alors c'est moi qui ne comprends pas ce qu'elle veut ?

– Vous ne voulez pas travailler ici ?

Le rideau va tomber. Elle a d'autres propositions plus alléchantes.

– *No papers.*

– Hein ?

– *No papers.*

– …

Oh purée ! Oh la vache ! Oh merde ! « Pas de papiers », ça veut dire ça, en anglais ! La fille sans cou, assise sur le bout des fesses en face de mon fauteuil, comprend ce que je lui dis, ce n'est pas le problème. La femme de ménage au-delà de mes espérances, aux yeux ronds comme des billes, n'a pas de papiers. Elle travaille de façon illégale. Tu parles que je ne pigeais plus rien ! Ah ben, pour être exotique, c'est exotique. Me voilà plongée au cœur de je ne sais quel trafic. Je ne sais plus quoi dire. Je déglutis. Je suis hébétée, muette. Elle ajoute :

– It's more than nine years since I am here. I will have soon.

Mes notions d'anglais sont solides.

Ça fait neuf ans qu'elle est sur le territoire français ; au bout de dix ans, on a ses papiers. Fao va bientôt les avoir. Ça la soulage, ses épaules redescendent d'un cran. Merci pour le fardeau, je viens de me prendre une tonne sur les trapèzes.

– Je vais… réfléchir… discuter… avec… mon ami.

Les mots me manquent.

– Je… vous… demain. Hein ? Je vous téléphone demain ? D'accord ?

Elle est d'accord pour ça aussi.

Je suis ennuyée de ne pas pouvoir me réjouir. Je ne peux pas me permettre de lui dire : « Eh bien, Fao, vous voilà employée chez moi ! »

Fao m'a donné son numéro de téléphone, une photocopie de son passeport philippin. Pas de mutuelle. Pas de numéro de Sécu. Pas de permis de séjour.

13

Elle n'a pas de papelards ! Je me rue sur Adrien dès que j'ai refermé la porte.

– …

– C'est tout ce que ça te fait ? Cette fille est géniale, mais c'est une travailleuse illégale.

Je baisse un peu la voix, par réflexe.

– Ça arrive.

Adrien aimerait finir son chapitre avant d'entamer une discussion.

– Merde, Adrien, t'en as vraiment rien à foutre de rien, c'est pas vrai !

– Il y en a plein les rues, des sans-papiers… plein le 16e.

Il lève un peu son livre pour atteindre le dernier paragraphe.

– Il y en a peut-être plein les rues, comme tu dis, mais ils n'ont pas le droit d'y être. Encore moins de travailler ! T'imagines ? Si je me fais gauler ?

– Je ne crois pas que c'est ce qui préoccupe le plus les autorités. Sinon ils vont dans n'importe quel square de Paris, ils font un carton avec les nounous.

Ses yeux accélèrent leur va-et-vient de gauche à droite sur la page.

Les bras m'en tombent. Tous ces enfants gardés par des travailleuses hors-la-loi. Ça n'inquiète personne. Ces clandestines se promènent avec des mômes, au vu et au su de tous. Dans l'indifférence générale. D'après Adrien, la moitié de la ville travaille sans contrat.

Je téléphone immédiatement à Steph pour lui annoncer le résultat de son tuyau.

– Les meufs du 16e peuvent les chercher longtemps les légales qui se collent leur gamin quinze heures par jour, un salaire de merde, et sans broncher, elle me répond à son tour.

Il n'y a donc que moi que ça étonne ? J'hallucine en raccrochant.

Je suis la seule à ignorer le phénomène du 16e, ma parole ? Tout le monde a l'air de savoir que les travailleuses illégales œuvrent chaque jour, sans problème, et plus que les autres. Stéphanie connaît même les tarifs.

Je retourne voir Adrien dans mon bureau.

– Steph aussi le sait, pour le 16e.

Le paragraphe s'achève au verso de la page. Adrien penche la tête pour en apercevoir les derniers mots et fait claquer son livre. Ce qu'il vient de lire le satisfait.

– Oui…

Il se lève lentement, pose son livre sans précipitation et se dirige tranquillement vers la cuisine.

Ce n'est pas ça qui va l'agiter ni l'empêcher de dîner. Je l'entends sortir les assiettes. Bon, ben, allons dîner. Je le rejoins dans la cuisine.

Ça tourne là-haut, alors que je sors le concombre, les endives, le rôti. Adrien fait tinter les verres, cogne les couverts contre les assiettes.

Si tout le monde le sait. Si tout le monde s'en fout. Si même le 16e se moque ouvertement de la loi. Si la police a d'autres chats à fouetter, je ne vois plus pourquoi je ne m'autoriserais pas, moi aussi, une entorse au règlement. « Une fois n'est pas coutume. » En ce qui me concerne, il y a encore moins de risque, il n'est pas question de l'emmener au square.

J'aurais dû acheter des noix pour les endives… Le pot de moutarde est presque vide. Je le note sur l'ardoise.

– La tranche de rôti, Adrien, froide, ça te va, ou je te la réchauffe ?

– Froide, c'est bien.

Adrien commence par un cornichon sur sa tranche de rôti.

– Tu veux du pain ?

Il en arrache un morceau pour lui.

– Tu sais, Adrien, si c'est vraiment le cas. Je ne souhaite pas vivre hors la loi, c'est pas ça. Mais vraiment, si tout le monde le fait… ben… moi, je m'en fiche un peu aussi.

Je lâche du lest.

– …

– T'as entendu ?

Adrien choisit un oignon blanc.

– Je viens de te dire que je suis OK pour une sans-papiers !

Sans aucune conscience de la gravité de mon propos, il engloutit le petit oignon blanc.

– Ouais, il dit quand il l'a avalé.

– Ouais quoi ?

– On a une femme de ménage, c'est ça ?

Voilà, c'était ça. Une femme de ménage, sans papelards.

14

– Oh putain, Steph, je l'ai engagée ! J'accroche mon manteau à la patère.

– Ça y est, tu t'es décidée ? J'étais sûre que tu allais encore t'inventer des problèmes.

Il est trop lourd, ce manteau. Il ne veut pas tenir sur la minuscule boule.

– Fais une note au CE, se moque Steph.

Elle a raison, ça fera jamais que la troisième.

– Va falloir que je lui dise quoi faire, les priorités de la maison.

– Oui, ben, c'est une femme de ménage.

Steph me dit ça comme si tout le monde en avait une et qu'il n'y avait pas de quoi se relever la nuit.

– Tu n'en as pas, toi, de femme de ménage ?

Je reste le manteau à la main.

– Je vis seule. Je peux me la ramasser, ma merde.

Pas faux.

J'installe mon manteau sur le dossier de ma chaise. Je la tiens. Déséquilibrée par le poids, elle pourrait basculer.

Steph le dit de plus en plus souvent, qu'elle n'a pas de copain. C'est en train de lui peser sur la patate, on dirait. Elle n'en trouve jamais un assez bien. Je sais pas où elle va les chercher, d'ailleurs, elle en a toujours un sous la main. « Ils ont tous un truc qui cloche. » La vérité, c'est qu'elle n'aime pas les hommes, Steph, je suis convaincue.

– C'est comme les bateaux : t'es contente quand tu les achètes et quand tu les revends.

Steph est en train d'inventer le machisme au féminin.

Elle en consomme, de l'homme, elle en utilise, mais de là à s'en offrir un…

– Ça te fait trop d'entretien.

Il m'arrive de rire de son manque de romantisme.

Steph a vécu dix ans avec un « porc ». Il l'a « vaccinée » contre la vie de couple.

– J'ai l'impression d'avoir été malade pendant dix ans, elle m'a dit un jour.

Je n'ai pas connu le type, mais c'est un remède de cheval qu'il lui a filé.

Mon ex-assistante est restée ma confidente, mon amie. Steph est la seule féministe que je connaisse. Elle n'aime pas beaucoup qu'on la « traite » de féministe.

– J'aime pas qu'on me soûle, c'est pas pour ça que je suis féministe.

Les jugements hâtifs l'exaspèrent.

Steph a été soupçonnée d'aimer les femmes…

– Je ne veux pas de mec chez moi, c'est pas pour ça que je suis goudou.

Mon ex-assistante est une hétéro anti-mariage, anti-couple, anti-machiste, anti-féministe, anti-tout « ce qui me les casse ».

Steph ne brandit aucun étendard. Elle ne revendique rien, ne lutte pour aucune cause, n'est membre d'aucune association, n'a jamais versé le moindre centime à aucune organisation humanitaire. Elle se fiche qu'on ne lui tienne pas la porte à la cafétéria. Elle n'a rien à faire qu'on ne lui offre pas de fleurs.

– Elles finissent toujours par pourrir dans le vase. Ça sent bon deux jours, et merci la suite.

Elle n'est inscrite sur aucun site Internet. Elle travaille bien, mais…

– Avec modération.

En fait, Steph, c'est le pendant d'Adrien, en fille. Rien ne prend trop d'importance.

Quand lui hausse les épaules, elle rigole ou fait des blagues cyniques.

En fait, Steph et Adrien sont mes contraires. Quand ils haussent les épaules ou rigolent, je m'affole. Je travaille avec tout, sauf modération. Je prends chaque situation sans légèreté. Je prends la vie… je ne sais comment, en tout cas pas comme elle vient.

– De temps en temps, faut que je parle en anglais à Fao… Heureusement, j'ai encore un peu de vocabulaire. Pour dire « aspirateur », il m'a fallu trois plombes. *Vaccum*…

15

– T'as vu la perle ?

J'entraîne Adrien dans l'appartement. Je passe le doigt sur l'étagère. Plus un grain de poussière. Les coussins sur le canapé sont alignés, du plus grand au plus petit.

– C'est comme à l'hôtel !

J'embarque Adrien de plus en plus vite.

Les lavabos rutilent. Mes produits de beauté sont disposés sur le côté de ma vasque. Les produits d'Adrien sur le sien. Tous visibles. Tous accessibles. Fao ne s'est pas contentée de pousser. Elle a ordonné, classé, mis en valeur.

J'ouvre tous les placards. Les tee-shirts sont pliés au carré. Les chemises pendues, comme neuves. Ça mériterait une photo.

– Regarde tes cravates !

Les cravates d'Adrien sont présentées dans leur tiroir comme dans la vitrine chez Hugo Boss.

– Elle fait les plis à tes pantalons !

Adrien ne moufte pas. Il est content. Un sourire discret salue l'artiste.

Je n'en attendais pas tant. Fao fait mentir le vieil

adage : « On n'est jamais mieux servi que par soi-même. » C'est mieux, bien mieux servi par Fao que par moi. Ça me fait un pincement quand même… Qui est cette fille ? Où a-t-elle appris à tenir une maison comme un palace ? Nous tournons dans l'appartement, détaillant chaque objet, chaque recoin. Fao a nettoyé les interrupteurs, je suis bluffée.

– Tu l'as croisée ?

– Non.

Ça ressemble à un conte de fées.

Je ris en m'asseyant dans le fauteuil du salon. L'écran de télé a eu son coup de chiffon.

On ne va pas manger comme les poules ? Il n'est que dix-neuf heures trente.

Les CD sont alignés sur la commode.

Je n'ai donc rien à laver, rien à ranger ? Pas une malheureuse tasse à rincer ? Je suis une touriste chez moi.

– Qu'est-ce qu'on fout, Adrien ?

Je tourne la tête dans tous les sens, à la recherche d'un foulard à plier, d'une paire de chaussettes oubliée sous la table.

Ça va être bizarre, la soirée, si on se regarde dans le blanc des yeux tous les deux…

Un de mes cheveux sur l'épaule d'Adrien. Je le retire. Je le tourne autour de mon index. J'en fais une minuscule boulette, je vais le mettre à la poubelle.

16

– Oh là là ! Pourquoi ils ont choisi cette date pour l'assemblée extraordinaire ?

J'ai reçu le courrier du syndic. C'est pile le jour où je ne peux pas ! J'ai des rendez-vous par-dessus la tête, le 12 mai à 17 h 30.

Réfection de la montée d'escalier a enfin décidé le syndic de l'immeuble.

C'est pas du luxe, la peinture date de Mathusalem.

– C'est une réunion hyper-importante. Ils vont choisir les couleurs, les nouveaux luminaires, les boîtes aux lettres, les interphones, les poignées de porte, l'habillage de l'ascenseur, les coffrages pour fils électriques, les interrupteurs, les nouveaux paillassons.

J'étais catastrophée.

– Tu peux y aller ?

C'est Adrien qui allait se coltiner la co-pro. Nous étions deux à ne pas être ravis. Je lui ai écrit trois pages de recommandations, par ordre d'importance : les lignes soulignées en vert indiquent les points à défendre, celles en rouge, à refuser.

– Le dingue du quatrième, tu le calmes, avec ses envies de recouvrir les balcons de vérandas. Demande-leur de vérifier : il manque une poubelle. À mon avis, on se l'est fait voler.

Je reprenais un peu le contrôle chez moi.

Adrien héritait de la corvée.

– C'est l'occasion de changer notre porte d'entrée.

Comment n'y avais-je pas pensé ? Comment avais-je pu oublier la porte ?

– Tu m'en bouches un coin, Adrien ! T'as raison, Adrien ! Bravo, Adrien !

Non seulement nous partagions les tâches, mais Adrien prenait à cœur ses nouvelles charges. Même, il s'en rajoutait.

Le syndic a l'habitude de travailler avec monsieur Bessan. Adrien avait pris tous les renseignements. Il me tendait fièrement ses notes.

« Un serrurier métallier, dessinateur, diplômé, astucieux, ajusteur, chevronné, soigneux, monteur, habilité, consciencieux, installateur, approprié, sérieux. »

– Il a l'air bien, dis donc.

– Il travaille depuis deux ans avec son fils. Ils ont bossé pour l'aéroport Charles-de-Gaulle. C'est eux, les caves.

– Quoi ?

– Bessan et son fils ont refait les caves de l'immeuble.

Je n'y étais jamais descendue.

– C'est bien ?

– C'est des caves.

Pas la peine de chercher midi à quatorze heures, je les recevrais un soir de la semaine.

– Jour…

Bessan, CV de cinquante-huit pages, et son fils, trente-deux, font leur entrée dans mon appartement.

C'est du solide, je me rends compte à la première poignée de main. Il me la broie rapidement. J'hésite à la tendre au fils. Plus jeune, plus costaud, il va me la bousiller.

Pronostic avéré, il me l'écrase. Oh la vache ! Je me masse discrètement les phalanges pendant que les deux costauds découvrent les lieux.

Sans salamalecs, perte de temps, ni gaspillage de salive, les spécialistes s'attaquent au problème.

Bessan père ouvre et ferme ma porte plusieurs fois.

– Ça couine, le fils chope direct.

Bessan penche la tête, ferme les yeux.

– Ça a l'air de venir des… des…

Il est sur la bonne voie.

– Oui, ça vient des charnières, je le conforte dans son intuition.

Je connais bien cette porte, c'est la mienne.

L'expert en chef fronce les sourcils. Ça l'a plus dérangé qu'autre chose, cette réponse inopinée.

Il continue de manipuler la porte avec précision, se concentre sur le faible grincement. L'examen devient chirurgical : aller-retour, aller-retour… L'étau se resserre. Quelques millimètres, ça se précise. Microns…

– Charnières rouillées.

Il vient de trouver la cause du couinement.

– Oui, elles sont rouillées, je confirme cette seconde observation.

Sans prêter plus d'attention à cette nouvelle intervention malvenue, le chef étend sa main. La distance entre son pouce et son auriculaire lui permet de mesurer la largeur de la porte.

– Mètre trente, soixante.

Bessan fils déplie un plan de ma porte, sur lequel il reporte les dimensions fournies par son père.

– Toute façon, on la change.

Pas la peine de se torturer pour la sauver, je suis prête à me séparer de toutes les pièces.

Je ne sais pas pourquoi je parle, personne ne m'écoute. S'ils préfèrent enquêter sur ce que j'aurais pu leur expliquer en deux mots… L'expert jette un rapide coup d'œil à la poignée.

– Foutue, il annonce à son fils en se détournant de la relique.

C'est bien ce que j'ai tenté de leur dire, mais bon…

– Nuancier.

Un éventail coloré m'arrive sous le nez.

Le plus jeune lève enfin les yeux sur celle qui sera bientôt débarrassée de son antiquité.

– Choix de couleurs.

Il me tend un fascicule où figurent différents modèles d'ouverture.

La solution : une porte en acier, cuite au four.

– Ce ne serait pas plus joli en bois ? Du chêne, par exemple ?

Comme si je venais de parler pour la première fois depuis leur entrée, les deux hommes réagissent enfin. Lentement, ils tournent leur visage vers moi, puis s'immobilisent.

J'ai dû dire une connerie ; je me retrouve face à deux hommes morts.

– C'est un menuisier que vous voulez ?

Le père se ranime le premier.

Oh l'erreur ! Autant commander un steak au poissonnier.

Les types travaillent le métal, pas le bois. C'est marqué en gros sur le fascicule. Faut se les fader, les conneries, à longueur de journée.

À « quelle était la couleur du cheval blanc d'Henri IV ? », j'ai répondu « noire ». « Que boit la vache ? », « du lait ». Que fait un métallier ? Des portes en bois. L'apprenti accepte de m'initier :

– Sécurité assurée. Anti-corosion, anti-rouille, anti-effraction.

Espérance de vie supérieure à la mienne.

Les arguments sont clairs. Voilà pourquoi tout le monde, enfin, tous ceux qui vivent en connaissance de cause font appel à leurs services.

Je dois choisir la teinte de ma future porte – deux mètres trente de haut, un mètre vingt de large – sur des gommettes microscopiques. L'acier est coloré « avant cuisson ». J'ignorais qu'on cuisait les portes.

Des suites de chiffres à n'en plus finir.

– Vous n'avez pas plus gros comme échantillon ?

Les deux n'ont pas besoin de se regarder pour conclure : ils sont tombés sur une championne.

Échantillon signifie : morceau microscopique de ce qui sera immense. On ne peut pas se rendre compte, c'est le but.

– On est sur du standard, me lâche le père dans un soupir découragé.

Pas la peine d'avoir des exigences de comtesse quand on demande ce que le moindre clampin peut s'offrir.

– Je donne quel numéro ? Celui du dessus ou celui du dessous ?

Est-ce qu'elle va nous gonfler encore longtemps avec ses chichis ? J'entends presque leur communication télépathique.

– Dessous.

Le père a préféré laisser le fils répondre.

J'ai méticuleusement inscrit la série de chiffres. J'ai vérifié deux fois. Après mes bourdes, je n'allais pas m'enterrer. Bien heureuse qu'ils ne me plantent pas là avec mon ignorance et mes charnières rouillées.

Une couleur bleu marine foncé. On hésitera entre le noir et le bleu. Ce sera très chic.

J'ai montré une couleur voisine sur un magazine à Adrien.

– Pas mal.

– T'es sûr qu'ils sont bien ?

– On n'est jamais sûr de rien.

Ça ne m'a pas rassurée.

17

– Hello !

Je trouve Fao devant le tiroir à confitures.

– Celles allégées en sucre vont au réfrigérateur, n'oubliez pas.

Pas la peine de lui donner de conseils, elle sait. Plus un centimètre carré n'échappe désormais à l'anti-bactérien.

Lui reste-t-il de l'argent dans la boîte posée à son intention ? J'ouvre discrètement la tirelire à l'entrée. Presque rien dépensé. Économe. Elle ne prend que le strict minimum.

Rien à dire.

– *Adrien is arrived ?*

D'un mouvement de tête, elle m'indique le salon.

Les pieds à l'air, un bras sous la nuque, Adrien lit. Peinard, ça ne le gêne pas de bouquiner pendant que quelqu'un nettoie.

– Ça va, Adrien ? Tu te sens à l'aise ?

– Ouais, il répond en abaissant son livre sur la « lenteur du pouvoir »

Un jour, Adrien lâchera l'informatique pour la géopolitique.

– *Bonnesouare.*

Fao a fini sa journée. Deux sacs-poubelle, à la main, elle s'apprête à sortir.

– *One minioute*, Fao !

Je me frappe le front. Surmenée, j'allais oublier l'essentiel.

Je fouille mon sac, en retire une carte avec les coordonnées d'un avocat spécialisé dans les régularisations. Madame Trémaux l'a passée au DG à mon intention.

Comme je peux, j'explique à Fao de quoi il retourne.

– *It is not good to be in a bad situation.* C'est pas bien d'être dans une mauvaise situation.

Pourquoi Adrien rigole derrière son livre ? Il secoue la tête, hilare. Il n'a qu'à essayer de lui expliquer, il verra comme c'est facile. Je continue d'exposer les avantages, les inconvénients sans me démonter.

– *You must paye taxes, but doctor.* Vous paierez des taxes, mais vous aurez droit au médecin.

Je décide d'ignorer l'euphorie déplacée d'Adrien.

Depuis qu'elle travaille pour moi, Fao s'est rendue deux fois à la préfecture afin d'obtenir un permis de travail. Elle connaît les règles. Elle ne demande pas mieux que de payer des impôts. Elle a deux enfants, nés en France.

Je vais prendre contact avec l'avocat, obtenir un rendez-vous pour elle.

– *You go with documents.* Il faudra y aller avec vos documents. *You tell all.* Vous pouvez tout lui dire. *It is no police.* Cet homme ne fait pas partie de la police. Il est chargé de vous défendre. *It is your friend*. C'est votre allié.

Fao est partie moins heureuse que moi.

Adrien était au spectacle.

– Qu'est-ce qui t'a pris de rire comme ça ?

Je me plante devant lui, sitôt Fao sortie.

Les raisons de l'hilarité d'Adrien n'ont rien de drôle.

Je me sens « investie d'une mission ».

Il me dit :

– Une goutte d'eau, c'est déjà pas mal, il a l'air de se foutre de ma gueule.

Il me prête tout un tas d'intentions ridicules.

– Tu peux pas la laisser tranquille ? Ce n'est pas parce qu'elle bosse pour toi que tu peux t'immiscer dans sa vie, il finit par conclure, sans rire.

Qu'est-ce qu'il raconte ? Je ne me sens investie de rien du tout ! Cette fille travaille chez moi, je suis sa patronne, c'est normal de rendre les choses officielles.

Je ne m'immisce dans rien du tout. Je l'aide, ce n'est pas la même chose. Elle passe les trois quarts de son temps dans ma maison, ça crée une relation privilégiée.

Que ça lui plaise ou non, Fao et moi devenons des intimes.

Je retire mes escarpins, pose mes pieds sur la table basse.

– C'était comment, la réunion avec le syndic ? Vous avez choisi les couleurs ?

– Une sorte de blanc d'œuf pour les murs, ou je ne sais plus trop comment ils l'appellent. Pas blanc, pas jaune : couleur omelette.

Blanc cassé et bleu nuit, ça risque d'être élégant. Adrien a l'air d'un nabab dans son canapé, entouré de tous les coussins.

– Tu veux un thé, Adrien ?

– Non merci.

– Les journées sont plus longues, non ?

Je regarde ma montre. 19 h 20. Fao ne compte vraiment pas ses heures.

– Elle s'est transformée depuis qu'elle est ici. Elle s'épanouit, non ?

Quoi qu'en dise Adrien, sa vie s'améliore grâce à moi.

– Elle sourit. Elle ne souriait pas avant, c'est un signe.

Adrien n'a rien remarqué de spécial.

– Ben, c'est qu'elle doit se marrer à faire tourner le lave-vaisselle…

Bon. Adrien n'admettra pas l'évidence. Fao va mieux depuis que je m'occupe d'elle.

Toute façon, j'avais des dossiers à boucler.

18

– Je suis absente toute la semaine, je rappelle à Adrien.

Je vérifie ma valise. Six tenues. Chaussures, deux paires. Dentifrice, brosse à dents, crèmes.

Cinq jours au Touquet. Un événement important. Notre société organise la quatrième édition du concours amateur de jumping. « Assurances du vivant ».

Fao gère notre appartement mieux que je ne l'ai jamais fait.

– Oh, mais dis, est-ce que tu l'as prévenue ? Ils commencent à repeindre la cage d'escalier.

Désormais, c'est Adrien qui prévient Fao des changements éventuels.

– Elle va bien s'en apercevoir, ils changent aussi notre porte.

Il colle un Post-it sur la table de la cuisine. Je lis : « *Can do chiken ?* »

– Tu lui demandes de te cuire le poulet ?

Adrien m'explique : il n'a pas cuisiné les poulets délicieux des dernières semaines. Pas plus que le riz cantonais, ni les poireaux vinaigrette. C'était Fao.

– Elle regarde les dates de péremption, fait le menu en fonction des priorités.

Fao est, paraît-il, ravie des compliments d'Adrien.

– Pourquoi tu ne me l'as pas dit ? Je ne m'en suis même pas rendu compte. J'ai bossé comme une tarée le mois dernier… En dévorant les escalopes la dernière fois, je les ai trouvées excellentes. Je ne me suis même pas demandé qui les avait préparées.

– Tu pensais peut-être que c'était moi ?

Il préfère une tomate au sel plutôt que de sortir une casserole.

Je bredouille un vague « non ».

Peu importe le chef, Adrien mange ce qu'on lui présente, alors ?

Le taxi m'attend. Je saisis ma valise.

Effectivement, les travaux ont commencé. Il me faut enjamber les bâches installées au sol. Des rouleaux d'adhésif entiers ont été déroulés pour protéger les lumières, les fenêtres. C'est pas plus mal que je m'absente. Cette gymnastique me serait insupportable. Les odeurs de peinture et tout le reste. Adrien et Fao vont vivre dans un chantier.

– Tu peux prendre la bagnole, si tu veux ! je lui lance avant de commencer l'escalade des pots d'enduits.

– Je ne peux pas aller bosser avec ça…

Adrien reste discret sur son mode de vie. Déjà qu'il a eu des réflexions sur ses chaussures.

– Celles que je t'ai offertes ?

– Personne ne porte de Weston au bureau.

Il ne se sent pas d'arriver à la « boîte » en A6 berline.

– Comme tu veux. En tout cas, moi, je n'en ai pas besoin de la semaine !

Je claque la porte derrière moi.

19

– Un certain nombre de malades n'a accès qu'aux garanties décès. Les propriétaires ne perçoivent pas un centime si l'animal handicapé survit. L'état de leur fidèle compagnon laisse maîtres et maîtresses dans un désarroi terrible.

Sous la tonnelle blanche, je mène mon interview en chef.

Je fais les questions, les réponses. Dans le brouhaha, ce pauvre pigiste est en sueur. Son appareil enregistreur défectueux nous a fait perdre un temps précieux. Ce n'était ni les piles, ni le micro.

« La mollette » : il a trouvé au bout d'un quart d'heure. Le finaud n'avait pas monté le volume.

– Sibylle Mercier, nos auditeurs…

Je n'ai pas fini, je termine :

– L'objectif : ne pas garantir le décès seul. Nous mettons en place la garantie « survie-invalidité », les propriétaires peuvent ainsi prétendre à un soutien, tant financier que psychologique.

Je n'ai pas laissé au « fraîchement promu » de je ne sais quelle école de commerce le temps de retourner sa liste de questions.

Je salue discrètement une connaissance au passage. Ça se remplit à vue d'œil… Le pigiste me remercie en remballant son matériel. Un cheval passe devant notre carré-presse. Le logo sur le dos du cavalier ? Parfait, bravo Steph.

Les derniers ajustements de la sono. Les « un, un, deux » dans les haut-parleurs me rappellent : dans vingt minutes, je dois me rendre à la tribune. Devallombrin prononce le discours d'ouverture. Je vérifie ma montre.

Une petite minute sur notre stand ne serait pas superflue.

– On déjeune ensemble ?

Les dîners faisant partie de mes obligations, il m'est impossible de passer mes soirées avec des amies.

Ce soir, après m'être cogné le maire de Mordilet, je vais me taper les élus régionaux. Le revers de la médaille.

– Je ne peux pas. J'ai pas fini les modifs.

Steph peut festoyer toute la nuit, pas déjeuner.

– On va à la Barriola, tu nous rejoins quand tu as fini ? C'est le dernier restau sur le port.

Je vais sortir éreintée de ma soirée relationnelle, l'estomac distendu par la nourriture trop riche. Demain je me lève au chant du coq.

Pour la fête, ce sera dans une autre vie.

– Tu veux bien jeter un œil ?

Steph me tend la maquette, NAC – « Nouveaux Animaux de compagnie ».

– Où donc se trouve Marianne ?

Steph est seule sur notre stand. Il nous faut ces dépliants publicitaires aujourd'hui même.

– Elle arrive ce soir, son fils était fiévreux.

Mouaiche. Ils ont quand même bon dos, les gosses… Le soir, peut pas rester après 18 h 30, le matin, peut pas venir avant 9 heures, les oreillons, la varicelle, l'obésité, la scarlatine, et là, maintenant, c'est quoi, la pécole ?

Résultat, Steph fait tout.

– Ah cette Marianne… je lâche en regardant les modifications.

Je lis tout haut le texte de la maquette :

– Les nouveaux animaux de compagnie… hmm, hmm, hmm… vos amis… Une photo de chat serait bienvenue. Détartrage à 100 %… hmm, hmm, couverture en cas de maladie, hmm, hmm, hmm… accident… hmm, hmm… honoraires, frais chirurgicaux… Illustration : la seringue, bien. Hmm, hmm, analyses de laboratoire, radiographie, hospitalisation, hmm, hmm, hmm. Je ne vois pas le pack ?

J'ai peur que tout soit à refaire.

Steph tourne une page de couleur mauve.

– Ah !… Pack prévention. Couleur apaisante, bon choix.

Hmm, hmm, hmm, hmm, hmm.

C'est bien. Le PP, c'est là-dessus qu'il faut miser. Un dernier tour d'horizon. Je n'ai pas mieux à proposer ? Toutes les démarches sont expliquées… Pas mieux.

Je relève la tête. Je lui remets sa maquette comme un diplôme. Ça me semble attractif.

– C'est toi qui l'as rédigée ?

Marianne n'a pas inventé la machine à appâter le chaland, c'est le moins qu'on puisse dire.

Steph est bien plus à même d'être mon assistante. Elle ne veut pas répondre, mais je le sais : Marianne n'est pas taillée pour la route. Elle tire la langue avant la ligne d'arrivée.

20

Me Lavoie a trouvé un loup dans le dossier de Fao. Difficile de m'annoncer « tout ça » à distance, mais le « torchon brûle ». Il m'a téléphoné le jour de mon arrivée au Touquet.

– Venez dès que vous pouvez.

– Je serai là mardi, 9 h 30.

Pourvu qu'il ne m'annonce pas un refus définitif. Sa voix m'a paru chaleureuse.

Les bâches étaient toujours en place quand je suis revenue de mon déplacement. Je m'attendais à découvrir un nouvel immeuble. Rien n'a changé, hormis la poussière blanche partout, sur le sol, les boîtes aux lettres. Une fine farine a envahi la cage d'escalier.

Ils en sont aux enduits. Ils vont poncer les murs, les boiseries.

– La peinture est la prochaine étape, m'a tout de suite rassurée Adrien.

Pour ne pas l'abîmer, notre porte serait posée en dernier. J'étais tout à fait tranquille.

– Fao est là ?

– Elle est partie il y a dix minutes à peine.

Dommage, plus impatiente qu'elle, j'aurais voulu lui dire que son dossier avançait. Ça sera pour demain.

C'est délabré ! Je suis surprise dès que j'arrive à l'accueil de l'adresse indiquée par l'avocat.

– Sibylle Mercier. J'ai rendez-vous avec Me Lavoie.

J'attends de la réceptionniste qu'elle me signifie mon erreur : Me Lavoie, c'est le bâtiment d'à côté ; ici, c'est le dépôt des affaires classées.

– Suivez-moi, elle dit.

Qu'est-ce que c'est que ça ? Des dizaines de paires d'yeux se braquent sur nous quand nous faisons irruption dans la salle d'attente.

La secrétaire vient de m'ouvrir la porte sur une minuscule pièce, pleine à craquer.

– Me Lavoie viendra vous chercher, m'assure la secrétaire en refermant la porte derrière moi.

En transit dans je ne sais quel aéroport, j'imagine le petit visage de Fao au milieu des autres.

Assis sur des chaises de métal fixées par lot de trois, le monde entier se trouve en situation irrégulière dans le cabinet silencieux.

J'en ai pour la journée, je m'inquiète, alors qu'il n'y a plus de siège disponible.

Une table basse, rectangulaire, en aluminium, encombre le lieu exigu. Sous les magazines cornés, *Marianne*, *Forum réfugiés*, j'aperçois le plateau de verre sablé, antichoc.

La porte s'ouvre alors que je change mon sac d'épaule pour la quatrième fois. Me Lavoie m'invite à le suivre. Je passe devant tout le monde ? Je lance un regard gêné à l'assistance. Quand ils m'ont vue, ils savaient que j'allais passer devant. Pas un n'a bronché.

Une pièce recouverte d'affichettes. « Vos démarches.com », « Maires et préfectures », « Droits des étrangers ». Je prends place sur un siège en métal.

Me Lavoie est un homme jeune, de bonne humeur. Il porte un polo noir, siglé, un jean, des baskets. Je me serais attendue à le rencontrer ailleurs. Dans le Sud-Ouest, à Arcachon. D'allure sportive, blondi par le soleil, sans costume, cravate, ni lunettes, il a l'air d'un moniteur de planche à voile. Il colle encore moins au décor qu'à la profession.

– Faotina Risenassa…

Il secoue la tête en tirant le dossier bleu de la pile. Cette femme n'est pas fiable, il est désolé de m'apprendre.

– Pardon ?

Me Lavoie m'explique. Fao a mené une vie des plus malhonnêtes.

– Vous n'étiez pas au courant ?

Il lève un regard bienveillant. Cas habituel pour lui.

– Non.

– Vous êtes ma cliente dans cette affaire. J'ai le devoir de vous informer.

Ce qu'il m'apprend de sa voix ensoleillée me terrasse.

– Fao a quitté le Qatar où elle était employée dans une des plus grandes maisons de Doha. Après y avoir dérobé une somme importante, elle n'a plus jamais donné signe de vie. Nous retrouvons sa trace à Singapour, où elle a travaillé pour une famille chinoise, dont elle s'est fait virer au bout d'un an pour manigances.

– Manigances ?

Je relève immédiatement le terme.

– Elle gérait un réseau philippin de femmes employées de maison.

Fao y était la Madame Claude du ménage.

Je m'accroche aux bords de ma chaise pour écouter la suite :

– Elle ne passe que quelques mois à Dubaï. Il n'y a pas beaucoup de détails sur ce court séjour. Les raisons de cette nouvelle fuite sont obscures. Trafic de marchandises ou dette, probablement. Son entrée en Europe a lieu il y a sept ans. Pour ce qui est de son arrivée sur le territoire français, il remonte à quatre ans, et non neuf, comme elle vous l'a annoncé.

D'un rapide coup d'œil, il vérifie que je ne suis pas tombée de sa chaise. Ça ne va pas tarder. Cramponnée aux tubes métalliques, je tiens, mais il ne faudrait pas en rajouter. Il poursuit :

– Elle est la mère de deux enfants. L'aîné, six ans, est né au Luxembourg. Elle a donné naissance à son autre fils dans son logement, il y a deux ans. Une chambre de bonne, porte de Versailles. L'enfant n'ayant été déclaré auprès d'aucune autorité, il ne figure sur aucun registre. En d'autres termes, il n'existe pas.

Le cabinet a bien fait de choisir des chaises en fer. La pression dans mes mains aurait cassé n'importe quelle autre matière.

– Il y a encore une chose…

– Ah ?

Il parlera bientôt à ma dépouille.

– Elle a laissé deux filles aux Philippines. Des jumelles aujourd'hui âgées de quatorze ans. Faotina Risenassa serait en droit, un jour, de demander le rapprochement familial, ce qui constitue un frein supplémentaire.

Me Lavoie referme son dossier. Voilà. Il a dit ce qu'il avait à dire.

De mon côté, il ne se passe plus rien. C'est combien ? Je ne pourrai plus jamais me lever.

Mains crispées, pieds bien à plat, je suis en train de décoller. Me Lavoie vient de me brosser le portrait d'une cliente d'Interpol.

Comment faut-il réagir ? Je devrais dire quelque chose, faire un mouvement, adopter une attitude, une mimique, avoir une respiration sonore, émettre un râle, n'importe quoi. Quelque chose qui lui indique : c'est monté au cerveau. C'est bien monté. Mais qu'est-ce que je fais de toutes ces informations ?

– Ce n'est pas la peine de poursuivre. Ça va vous coûter une fortune. Je peux d'ores et déjà vous dire que ce dossier ne passera pas.

Il va faire tilter la babasse.

– Le mieux, c'est le piston.

Il trouve la solution en me reconduisant vers la sortie.

– Le piston ?

Il ne voit rien d'autre.

– Je vous envoie ma note d'honoraires.

Je ne sais par quel miracle j'ai réussi à mettre un pied devant l'autre.

– Je vous remercie. Vous m'avez bien fait avancer. Ça, je… Oui. J'y vois plus clair, j'ai articulé en m'agrippant à sa main pour lui dire au revoir.

21

Je suis terrorisée à l'idée de rentrer chez moi. Fao n'est plus Fao. Celle que je vais trouver chez moi a un CV aussi long que son futur casier judiciaire.

J'ai poussé la porte de mon appartement avec l'appréhension d'une actrice dans un film d'espionnage. Celle qui a commis des délits à l'international se trouve certainement dans ma cuisine. J'entends au loin les hélicoptères. « Ne bougez plus ! Mains en l'air ! »

Tendue, je progresse jusqu'à elle. Ça y est ! Oh putain ! Démasquée, elle s'est enfuie avec ma montre, mes boucles d'oreilles. Fao ? J'appelle d'une voix tremblante. Fao ? Effrayée, je me mets à gueuler dans l'appartement. Fao ! C'est pourtant vrai. Elle s'est envolée une fois de plus. Je cours dans l'appartement déserté. Fao ! Fao ! Je soulève le couvercle de la tirelire. Partie sans l'argent…

Dans le silence, je scrute mes murs, mes étagères. Ma montre, mes broches, tout est en place. Qu'a-t-elle dérobé ? Je ne peux même pas prévenir la police, elle travaille au noir. Après un tour prudent du propriétaire, je récupère une respiration plus régulière.

C'est mieux comme ça. Je n'aurais pas pu l'affronter. Il faut que je change les serrures. Le code de l'alarme. Je vais faire poser une caméra à l'entrée.

La chasse d'eau s'est déclenchée dans mon dos. Oh merde ! Je me retourne lentement. Pétrifiée, je fixe la porte. Que va-t-il se passer maintenant ? Prise de court, Fao n'a pas eu le temps de s'évader. Ça me sert le cou, ces afflux sanguins ! Je souffle.

Il ne faut pas qu'elle lise l'angoisse sur mon visage. Je souffle. Fao sort des toilettes, referme soigneusement derrière elle.

– Hello.

Celle qui en cache lourd se déplace dans l'appartement comme si rien de gênant ne traînait à sa suite. Avec ce que je viens d'apprendre, ce ne sont plus des casseroles, qu'elle trimballe, ce sont des marmites, des chaudrons. Je m'écarte pour la laisser passer. Que va-t-elle faire maintenant ?

Elle presse le distributeur de savon liquide. Elle se lave les mains dans ma cuisine.

Et puis ?

Elle s'essuie les mains dans mon torchon.

Et puis ?

Elle récupère le tuyau de mon *vaccum*.

Et puis ?

Elle appuie sur le bouton marche.

Le bruit de l'aspirateur forme un écran sonore entre nous.

J'ai un mouvement de recul quand, à la hâte, elle se précipite. Elle va vérifier le four.

– Cheesecake, elle me dit, l'œil plein de malice.

Elle fait cuire un gâteau au fromage dans mon four.

22

– C'est pour ça que tu m'as envoyé un message pareil ?

Une fois de plus, Adrien ne voit pas la gravité du problème. Il attrape rageusement son bouquin sur « l'ineptie du pouvoir », se jette littéralement sur le canapé. Il ne veut plus avoir affaire à moi.

« SOS urgence. SOS. » C'est le texto qu'Adrien a reçu.

– Peux pas te parler, grouille, je lui ai chuchoté dans le combiné quand il m'a rappelée.

Les sourcils froncés, la mâchoire serrée, Adrien lit.

– C'est pas moi qui ai truandé tous ces pays, je te signale !

Il va bientôt m'accuser à la place de Fao. Il m'en veut de l'avoir fait revenir d'urgence pour « rien ».

– Tu le diras à la police quand ils vont lui passer les pinces, je lui lâche quand même.

Je me crois dans « un de ces films merdiques », il me dit.

– Elle vole partout où elle passe ! Elle cache un enfant au sixième étage d'un immeuble ! En d'autres termes, il ne figure sur aucun registre. En d'autres termes, il n'existe pas.

Adrien secoue la tête. Tout cela sonne comme des balivernes.

– Si elle a mis au monde un enfant, à moins qu'elle ne l'ait assassiné, il existe.

Adrien a des explications pour tout. Il a tout vu, tout lu, tout entendu.

Indésirable sur le sol français, Fao n'allait tout de même pas se jeter dans la gueule du loup. On l'aurait flanquée, elle, ses petits et ses valises, dans un avion direction Manille.

– C'est une maligne… voilà tout.

Adrien sourit. Il a même l'air de trouver ça bien, les ruses de Fao. Il ne faut pas écouter la seule version de l'avocat. D'ailleurs, où a-t-il trouvé de telles informations ? Si ce n'est de la bouche de Fao ? Qui d'autre les lui aurait communiquées ? Pourquoi les lui a-t-elle confiées ? N'est-ce pas justement pour en finir avec cette vie ? Fao n'espérait-elle pas mener enfin une existence digne ?

– Tu crois que ça lui a fait plaisir d'accoucher toute seule dans son gourbi ?

Adrien renverse la vapeur. On peut dire tout et son contraire sur un même fait, une même personne. Cet avocat a noirci le tableau. Pour un peu, Fao envisageait un casse à l'Élysée. Notre femme de ménage travaille chez nous depuis six mois. Si elle en avait voulu à mes boucles d'oreilles, elle n'avait pas besoin de passer la serpillière à longueur de semaine. Pauvre Fao. Les difficultés sont dures à surmonter. Elle se démène comme elle peut. Tout s'éclaircit.

Accoucher seule. Bien sûr, qu'elle aurait préféré une bonne maternité. Avec une sage-femme qui lui passe de l'eau sur le front, lui tienne la main, au moment des douleurs.

– Elle aurait peut-être demandé la péridurale.

J'ai les larmes aux yeux en imaginant Fao dans son taudis. Une bassine d'eau rougie à même le sol, pendant que d'autres accouchent à l'Hôpital américain.

Avec ce qu'elle a traversé, cette fille est une héroïne.

23

– T'as pas crevé, Adrien, t'as coupé le pneu !

La bande de caoutchouc autour de ma roue est fendue sur deux centimètres.

Qu'est-ce qu'il a fait avec mon vélo pour le mettre dans cet état ? Je le lui ai prêté la semaine dernière, pendant les réparations du sien.

Quelle idiote. Quelle naïve ! Je me battrais si je pouvais. Comment ai-je pu me laisser endormir ?

Un tour à vélo. Bonne idée ! Pourquoi n'ai-je pas vérifié avant de partir pédaler à travers la ville, un dimanche après-midi ?

– Si on faisait un tour, après déjeuner ?

Adrien m'a proposé une activité dès qu'il a récupéré son Scott Addict, S11 carbone, comme neuf.

– Ouais !

Trop contente, j'ai oublié qu'Adrien roule comme un dingue, dépasse n'importe quelle voiture, de n'importe quel côté. Oublié qu'il saute les trottoirs, descend les escaliers, s'accroche à l'arrière des bus. Oublié qu'il a cassé son vélo, c'est bien pour ça qu'il a emprunté le mien.

Mais quelle abrutie…

– Qu'est-ce que tu as fait avec mon vélo ?

Je n'en reviens pas de l'état de ma roue.

Pourquoi m'a-t-il laissée monter là-dessus sans prévenir ?

Adrien secoue la tête, il est emmerdé. Non, il ne sait pas ce qui se passe avec ce pneu.

– Il restait une rustine... Je pensais que ça tiendrait.

Adrien éteindrait un incendie avec un verre d'eau. Calmerait une hémorragie avec un pansement.

– L'important, c'est la chambre à air. Le pneu est une simple protection.

Il ne comprend vraiment pas comment ça a lâché.

– On est dimanche.

Oui, ben ça, il le sait, et alors ? Qu'est-ce que j'entends par là ? Il attend que je développe sur le jour dominical.

– Personne ne travaille ! Il n'existe pas de pharmacies de garde pour les vélos.

– Oh merde, c'est vrai...

Il vient de comprendre, on est dans l'embarras.

– C'est comme ça depuis la naissance du Christ !

Je lui en apprends une bonne.

Les gens chôment une fois par semaine, il découvre à trente-sept ans ce que tout le monde sait depuis deux millénaires.

– On est mal...

Il regarde mollement tout autour, comme si le Saint-Esprit allait nous faire débouler un pneu neuf.

Qu'est-ce qu'il attend ? Il espère d'une bonne étoile, plus que de son bon sens.

– Comment je vais rentrer ?

Je commence à m'agiter, alors qu'il ne bouge plus du tout.

Immobile au milieu de la chaussée, son manque d'initiative augure du meilleur. J'ai envie de le secouer alors qu'il espère. Il espère quoi ? De qui ? Qui attend-il, les yeux rivés sur le bout de la rue ? Il va ouvrir les bras, faire une incantation au dieu du Pneu ?

Adrien prend une grande inspiration, l'air dégagé il lève le nez sur le marronnier en fleur au-dessus de nos têtes.

– On se promène ?

Je vais prendre une grande inspiration, lui balancer une salve d'injures. Il adopte un ton romantique pour me proposer un tour à pied à la place du tour à vélo ?

– Douze kilomètres, ça va nous faire un joli moment de détente ! je romps le charme en vagissant.

S'il a une autre idée, c'est le moment.

Bicyclettes à la main, nous avons la moitié de la ville à parcourir. Ça va être un pur bonheur.

– Ouais…

Avec une tête de sacrifié sur l'autel de l'altruisme, il sort dans la foulée une suggestion plus impossible encore :

– Je peux aussi prendre ton vélo, tu rentres avec le mien.

Je suis démontée par son manque de réalisme. Qu'est-ce qui se passe dans la tête d'Adrien ? Je vais finir par espérer qu'il se drogue aux hallucinogènes. Oui, voilà, c'est ça : si Adrien plane à longueur d'année, ce n'est pas parce qu'il est fou, c'est qu'il est camé. La désintoxication est rude mais possible. Pourvu que ce soit ça.

Il veut faire du vélo sans pneu.

En quelques secondes, son poids va écraser ma roue fragilisée, c'est évident.

Mais le pire est qu'il imagine me voir enfourcher son Scott Addict, S11 carbone. C'est de la science-fiction.

Pour entraîner les roues, fines comme du papier à cigarette, il faut entraîner les pédales. Pour entraîner les pédales, dotées de minuscules fixations, il faut enfiler ses horribles chaussons, taille 43, semelle encastrable. Des cale-pieds, ça s'appelle. Les fesses au-dessus de la tête, le nez dans le guidon en forme de cornes de bélier, je vais entrer dans le coffre de la première voiture venue. Si les cale-pieds acceptent de me libérer, je vais devoir sauter de la selle à chaque feu. La barre transversale du cadre, trop haute pour mon entrecuisse, finira de m'achever. Je vais atterrir aux urgences, à coup sûr.

Autant plonger dans une piscine sans eau, j'ai de meilleures chances d'en réchapper. Pourvu qu'Adrien se drogue.

La balade romantique a duré deux heures et demie. Je ne sais pas si je préférais la première heure mutique, ou la suite : une visite guidée des arbres d'alignement de la ville de Paris. À bout de souffle, je me suis rattrapée de justesse au tronc gravé de messages amoureux. Un tas de feuilles au sol m'a fait glisser sur la grille.

– C'est la mineuse.

Adrien m'a expliqué le phénomène automnal précoce.

À cette époque, normalement, les feuilles ne devraient pas tomber, mais une redoutable chenille d'à peine deux millimètres y pond ses œufs. Ça les fait tomber prématurément.

– Ah oui ?

Accrochée à mon guidon, j'ai essayé d'éviter la pédale qui me cognait régulièrement le tibia, je n'avais plus la force de hurler.

– Paris est une des villes les plus boisées d'Europe. Il y a près de 100 000 arbres d'alignement comme ceux-ci, sur les voies publiques.

– Ah… Dis…

J'ai tout de même levé les yeux. Jusque-là, je n'avais vu que les grilles pleines de mégots, les auréoles de pisse de chien au bas des troncs.

– Ah…

C'étaient des arbres, comme à la campagne. Il essayait de me faire oublier l'interminable rue de Vaugirard et ses innombrables grilles. Les racines formaient parfois de grosses boules. Ça soulevait les plaques et me faisait trébucher.

– Introduits au XVIIe, il me semble.

Il en savait long sur le marronnier…

– Tu verras de moins en moins de marronniers blancs. Depuis quelques années, les jardiniers de Paris n'en plantent que des rouges, plus résistants.

Quelle tristesse. Ça méritait une pause. Adrien s'arrêtait pour en contempler un plus vigoureux que les autres. Je voyais des branches atrophiées, des moignons. Chaque printemps, les rues sont pleines d'arbres amputés.

Le cours de botanique a duré jusqu'à notre immeuble. Je sais désormais tout ce qu'il faut savoir sur la verdure parisienne. Je différencie parfaitement un platane d'un tilleul, un marronnier blanc d'un rouge. Durée de vie : deux cents ans.

Le pneu a fini par s'arracher.

– Oh, mince…

La roue en fer s'est abîmée « toute seule ».

– On va la changer, a dit Adrien en entrant dans le hall de l'immeuble.

– Ça se change aussi facilement que le pneu, que la chambre à air ?

Qui était ce mystérieux « on » ?

Je ne peux plus marcher sous une allée de marronniers sans en compter les moignons, les racines boules, les grilles.

24

Brrr... Pas rassurante, cette ville...

J'emporte l'identité de Fao, celle de ses enfants, sa vie. Le corpus tient dans une mince chemise bleue.

– J'ai rendez-vous avec monsieur Plassenet.

Que veut cette grue ? L'homme à l'entrée a une tête toute fermée. Par-dessus ses demi-lunes, il n'aime pas ce qu'il voit. Pas du tout. Une femme, avec un dossier sous le bras. On va encore emmerder le maire.

– Je viens de la part de monsieur Devallombrin.

Les traits de son visage se transforment. En quelques secondes, c'est son frère. La métamorphose achevée, sa nouvelle bouche s'étire largement. Le nouvel homme m'offre le sourire réservé aux catégories les plus hautes. Il penche légèrement sa nouvelle tête, ouvre lentement son bras. Je n'ai qu'à suivre la direction de sa main. Un salon m'offre l'hospitalité. La voix de l'homme, à l'entrée, est délicatement feutrée. La mélodie ressuscite d'anciennes manières.

– Monsieur le maire va vous recevoir dans quelques minutes.

J'ai déjà entendu des voix comme ça dans des films sur Louis XIV.

J'avance sur le marbre usé par les siècles. Une enclave dans la ville. Au cœur de l'Histoire de France. Monarchique. Démocratique. République laïque. Les leçons d'histoire se rappellent à mon souvenir. Un réflexe. Ma posture s'adapte toute seule. Ma tête se dégage, tirée par un fil invisible, relié au plafond, tout là-haut. Mes épaules s'abaissent. Sublimée par un corset, ma modeste poitrine respire avec ampleur. Qui est descendu de cet imposant escalier de pierre ? Les talons des chaussures à boucle frappent les dalles. Les vestes de brocart déboulent à la hâte. Les bas de soie passent devant moi sans s'arrêter. Point de temps z'à perdre ! Holà, cocher ! Une affaire juridique, politique, stratégique, diplomatique, est en cours. Les roues des carrosses, les sabots s'impatientent. Tel un grand voyageur, je viens porter témoignage d'une peuplade aux balbutiements de la civilisation. La France est en mesure de prêter main-forte à un être venu d'une contrée lointaine : les Philippines.

– Si Madame désire un verre d'eau, la fontaine se trouve sous l'escalier.

Le valet m'invite à me sentir comme chez moi.

La « source » enfermée dans son bidon, bleu piscine municipale. Sa tour de gobelets ultra-fins. La France ne gâche plus la planète. Je tire sur le verre mou. Il résiste. Ça fait pareil au bureau. Les gobelets restent soudés entre eux. Je force. Il en arrive cinq comme un seul. Putain, la planète… Cinq doses de plastoc pour trois gouttes… La manette grise, « *press on* ». Je « presse sur ». L'eau gicle. Les cinq verres forment un épais rebord. Une goutte vient de tomber sur mon chemisier. Mieux vaut ne pas tenter le diable plus longtemps. Je jette les gobelets.

Les brochures sont disposées en éventail sur la table basse. La république est en ordre.

– Mademoiselle Mercier ?

Un murmure m'invite à entrer dans le cabinet. J'ose à peine poser le talon sur le parquet. Des dorures partout. Des tableaux de je ne sais quel maître, représentant je ne sais quelle victoire. Des hommes aux regards sévères, mais justes. J'aperçois le jardin à la française. Pelouse parfaitement tondue, pas un brin d'herbe ne s'avise de dépasser l'autre. Monsieur le maire écrase rapidement sa cigarette et se met à tonitruer :

– La torpille ! Jacques m'a dit beaucoup de bien de vous !

La voix de l'autorité est néanmoins chaleureuse.

La torpille ?

– Vous faites mentir les tendances, m'a dit Jacques.

Il jette un coup d'œil à son secrétaire.

– Ils sont à combien ?

– Plus 1,40.

– Félicitations !

Il tonitrue plus fort.

Monsieur le maire fait le tour de la table. Ses semelles claquent sur le point de Hongrie. Les deux bras ouverts, il m'accueille comme une amie. Il se penche : ce sera deux bises pour la torpille de Jacques.

– Que puis-je pour vous ?

Il me regarde droit dans les yeux.

Ma requête m'apparaît incongrue d'un coup. Je ne vais tout de même pas lui parler balai-brosse, serpillière, planche à repasser ?

– Une histoire de femme de ménage, m'a-t-on dit ?

Adieux expéditions, contrées lointaines, voyageurs. Nous entrons dans le vif du sujet : les papiers de ma femme de ménage.

D'un geste discret, monsieur le maire ordonne au secrétaire de s'asseoir sur ce fauteuil, je prendrai l'autre.

– C'est une Viet', je crois ?

Il demande confirmation au secrétaire. Déjà quelques notes sur cette affaire.

Monsieur le maire va prendre place derrière son bureau. Mine peu réjouie, le secrétaire attend que son supérieur soit assis avant de fournir la réponse.

– Philippine.

– Ah putain…

Il a bien fait d'attendre l'asseoiement complet. Le maire se frotte la nuque.

Ils en ont marre, avec les Philippines. Elles arrivent par 347 entiers. On ne sait plus où les foutre.

– Il y a quinze ans, on en avait presque pas.

Le secrétaire acquiesce. Il est témoin : il y a quinze ans, il n'y avait pas de Philippines. Depuis cinq ans, il y en a plein les combles de la ville.

J'explique : c'est une perle, travailleuse, discrète.

Le secrétaire s'empare de la chemise bleue, l'ouvre. C'est bien ce qu'il a vu 175 558 855 589 de fois ces cinq dernières années. Une photo d'identité : tête toute ronde, yeux bridés, cheveux noirs, raides.

– Vous vous occupez de ça ?

– Bien sûr.

Ça lui tombe encore sur le coin de la gueule.

Affaire en cours, passons à autre chose. Monsieur le maire prend une grande inspiration, lâche une grande expiration. Il chasse l'air de ses poumons, chasse le sujet de la pièce. Il s'appuie sur ses coudes, s'approche un peu de son interlocutrice, en adoptant un ton plus confidentiel.

– Dites-moi. Quand Jacques compte-t-il venir faire ce congrès chez moi ? Je n'ai encore reçu aucune demande. Si nous voulons faire ça début novembre, il ne faut plus traîner.

Il exhibe son bouton de manchette en or.

Monsieur le maire s'adresse au département com. Nous avons écumé toutes les villes de France, excepté la sienne.

– Trémaux m'a demandé de m'adresser à vous.

Ils ont dû en parler. « Des amis de longue date ».

Pour éviter tout conflit avec son copain, Trémaux s'est camouflé derrière moi.

Il m'a effectivement posé la question.

– Peut-on envisager un petit événement chez Plassenet ? Sa commune est un peu tristoune. Il insiste…

J'ai examiné la question quelques mois plus tôt.

– La femme Devallombrin organise des dîners de charité avec madame Plassenet.

Steph avait senti l'imbroglio dans leurs relations.

– Je vais demander la régularisation de ma femme de ménage, je ne leur propose pas un partenariat.

Je ne voyais pas en quoi l'amitié entre les deux femmes constituait une menace. Je n'ai pas prêté attention à cette mise en garde.

Le cas a été vite cerné. Ville morte. Nous n'y avons pas trente adhérents. La commune n'offre aucune infrastructure. Même pour un petit événement… Même pour un ami… L'accès y est compliqué, pas assez de places de parking. Sans compter l'état des rues, des immeubles… L'espace le plus large est un terrain de foot…

J'ai bloqué le projet.

– Devallombrin est d'accord, il ne manque plus que vous.

Le maire plante ses yeux dans les miens. Comment son projet, accepté des puissants, peut-il se voir freiné par ça ? Il me scrute attentivement comme s'il cherchait quelqu'un d'autre, derrière, à côté, devant moi. Il a du mal à s'y résoudre. Ça ne peut pas être toi, gueule de rien, le frein ? il a l'air de me demander.

– Euh… Euh…

Ma réponse, pour le moins inefficace, laisse à désirer. Ça sent l'entourloupe, il fronce les sourcils.

– Il vous en a parlé, oui ou non ? Il m'a dit que c'était en cours ! Vous deviez me faire passer un projet ces prochains jours.

Le ton monte au château.

Qu'a dit Trémaux ? Pourquoi ne m'a-t-il pas prévenue ? Je n'aurais jamais mis les pieds ici.

– Vous aurez une demande… C'est à… dans… Le temps… mettre en place… les axes…

Je suis terrifiée sans savoir de quoi.

– … les atouts…

J'ai l'impression de promettre les Jeux olympiques.

– Nous avons pris du retard…

Cet homme me glace.

– … pas mal de projets…

C'est son regard. Il lit parfaitement ce que je tente de lui cacher.

Sans plus m'interrompre, monsieur le maire me laisse m'embourber. J'invente mal. Il m'écoute, me considère. Je mens, il sait. Je sais. Les explications sont vaseuses. Il sait que je sais. Il n'a pas besoin de me le dire. Je m'enferre toute seule, sous son regard perçant. Il attend l'issue. La voie est tracée, je n'ai plus d'autre choix que de suivre sa route. Toute seule, je lui fournirai un délai. C'est clair comme de l'eau de roche.

Faut conclure.

– … Cinq mois… Quatre. Normalement… Peut-être pas novembre, mais décembre… Sûrement. Définitivement.

Il allume une cigarette.

Ça va être un fiasco, cet événement. Devallombrin est-il d'accord ?

En voie de satisfaction, monsieur le maire me tend son paquet de cigarettes. J'ai arrêté de fumer il y a deux mois. Je fais malgré moi tout ce qu'il me demande. Mes doigts tremblent légèrement, en trifouillant les filtres, avant d'en extirper une.

– Merci.

Nous voici de nouveau dans des rapports plus équilibrés, je sens après l'allumage de ma cigarette.

J'ai passé une heure dans le bureau du maire. J'ai fumé ses cigarettes, bu ses espressos, sa San Pellegrino, parlé de sa ville. Les échanges se sont réchauffés au rythme des volutes, des cafés, des verres d'eau gazeuse. Il m'a raconté quelques anecdotes, des histoires drôles. Il sait se montrer amical lorsque les affaires vont bon train.

Il met à disposition les salons prestigieux de sa mairie pour des œuvres de bienfaisance, pourquoi ne pas utiliser un si beau lieu à des fins plus… plus… qui donnerait une image… plus… Il soulève ses mains plusieurs fois comme pour remonter un soufflé aplati.

Le cas de ma « petite protégée » sera traité en priorité, il tiendra sa promesse.

– Venez passer un après-midi à la maison. Ma femme a de bonnes relations. La piscine est chauffée : Patricia ne supporte pas l'eau à moins de vingt-huit degrés.

La porte de son intimité s'entrouvre déjà.

Dans cinq mois, une proposition atterrira sur cette table, je lui ai affirmé.

Le secrétaire m'a donné sa carte.

– Appelez-moi quand vous voulez. Vous ne me dérangerez jamais.

Le secrétaire a noté mon numéro de téléphone portable, a posé sa main sur mon épaule. Il n'a rien bu, rien fumé.

25

Pas de tapis rouge, applaudissements ni courbettes.

– T'es allée voir cette planche pourrie ? Tu pues la clope, me balance Adrien en composant le code de la grille du parking. Cet escroc, mis en examen quinze fois, devrait dormir en taule.

Adrien a dû entendre ça dans une des émissions qu'il adore.

Je ne lui relate pas l'intégralité de la rencontre. Il aurait refusé la cigarette, la San Pellegrino et tout le reste.

– Il n'y avait de solution à trouver à aucun problème en ce qui concerne Fao.

Ce n'est pas parce que « ça craint » qu'il faut forcément agir. Je cours partout, dans tous les sens. Je suis une poule sans tête. Le simple fait d'avoir serré la main de ce type dégoûte Adrien.

Il n'y avait pas d'urgence à légaliser Fao qui n'y accorde pas d'importance, encore moins à traiter avec un bandit.

J'appuie sur le bouton de l'ascenseur.

– Allez ! je lance pour nous donner du courage.

Nous avons un rendez-vous d'un autre genre.

– Tu enfiles les perles, il lâche en secouant la tête.

Mon collier d'emmerdements, trop lourd, trop long, trop large, commence à devenir envahissant.

Adrien ne veut pas considérer sérieusement les problèmes que je me crée « toute seule ». Il ne voulait déjà pas entendre parler de cette histoire de régularisation, encore moins de cette porte mal cuite. Il est contraint de voir le serrurier daltonien dans trente minutes, c'est suffisamment crispant comme ça.

D'ailleurs, est-ce réellement la peine, ce rendez-vous ? Si Adrien a accepté cette porte, c'est parce que c'est de la bonne qualité, c'est ce qui compte, non ? Elle s'ouvre, se ferme, comporte une serrure et un verrou. Qu'elle soit bleue, noire, rouge ou verte… Franchement… Le jeudi, à cette heure, il a « grimpe », avec ses potes. Ne pas pouvoir s'y rendre, ça, c'est une contrariété.

Qu'est-ce qui se passe en ce moment ?

J'ai beau m'activer, chercher des solutions, c'est vrai, mes emmerdements se multiplient de jour en jour.

Même en ne laissant rien au hasard, le résultat n'est jamais celui espéré. Je peux bien dépenser mon énergie sans compter, tout le monde s'en fout.

Mon exploit n'en est pas un : on m'accuse de complicité d'escroquerie.

Aucune notion de l'effort fourni : Fao m'a remerciée comme si je lui avais offert une boîte de macarons.

Dès qu'un problème se règle, un autre débarque.

Le maire l'a clairement indiqué : il attend son congrès.

Dans quel pétrin je suis allée me fourrer ? Le jeu en valait-il la chandelle ? Je pouvais très bien ramasser les miettes d'Adrien, repasser les chemisiers, faire tourner le lave-vaisselle. Ne rien demander à personne. La seule chose que je voulais, c'était une aide-ménagère pour sauver mon couple.

Est-ce que la loi, ça intéresse quelqu'un ?

– Tu sais ce que je risquais, si je me faisais choper ?

– Moins qu'à traiter avec des gangsters.

À écouter Adrien, « la légalité de certains légaux frôle l'illégalité ». Hein ?

Toute façon, moi, en ce moment, je ne comprends plus rien.

Plassenet devrait peut-être dormir à l'ombre, tout le monde a l'air d'accord sur ce point. C'est loin d'être le cas. Sa mairie ressemble à Chambord. Il est l'ami du préfet, joue au golf avec mon patron… Devallombrin et Trémaux étaient-ils des gangsters ?

– Me Lavoie m'a coûté un œil. S'il n'a rien fait de mal, il n'a rien fait de bien non plus, je te signale. J'ai fait un chèque pour un conseil : trouver un piston. Il n'a même pas été foutu de m'en indiquer un à lui, de piston. Je me suis démerdée toute seule pour le trouver. Adrien va-t-il enfin reconnaître que je n'ai pas complètement tort ?

– T'as tiré le gros lot.

– Fao est bientôt légale. Je te rappelle qu'elle avait un dossier haut comme ça.

Je montre plus haut que ma tête.

– Dix ans qu'elle n'a pas vu sa mère. Imagine leurs retrouvailles.

Adrien n'imagine rien du tout. Ce n'est pas ses oignons, cette histoire de retrouvailles. Fao fait un très bon poulet, c'est tout ce qui compte. J'appuie sur le niveau moins six. Les portes métalliques se referment. Nous descendons dans les profondeurs.

– Tu as les clés de la voiture ?

Adrien passe à autre chose.

Je fouille machinalement dans mon sac. Je relève la tête.

– Tu as perdu le double ?

Il a demandé exprès, en plein vif d'un autre sujet.

– Il doit être quelque part. Quand je serai sûr de les avoir perdues, je m'en occuperai.

Il continue d'avancer.

Il est évident qu'Adrien n'a aucune idée de l'endroit où peuvent se trouver ces foutues clés, évident qu'il n'avouera pas les avoir égarées. Évident : je vais me taper de les faire refaire.

Les portes nous libèrent sur le béton brut.

– Quand on cherche un objet qu'on ne retrouve plus, au bout d'un moment on le considère perdu, non ?

– …

Il peut me répondre la semaine prochaine, je sais : il les a perdues.

J'extirpe mes clés, enfouies, au milieu de mes agenda, porte-monnaie, carnet de chèques, portescarte, trousse de maquillage, paquet de Kleenex, carnet de notes et autres papiers, pense-bête.

Adrien déverrouille les portes. Il se glisse en biais entre notre voiture et la Scenic, garée à quelques centimètres. Je m'écarte pour le laisser sortir notre bolide de son enclave.

Les yeux de la voiture s'allument. La voiture bondit. Adrien stoppe à ma hauteur. La puissance du moteur fait vibrer les murs.

26

– Pourquoi tu ne prends pas un carnet pour noter ?

– Je n'en ai pas besoin.

– On dirait que si.

Nous étions coincés dans notre voiture devant la porte du garage. Le boîtier d'ouverture de la grille ne fonctionnait plus. La voiture était arrêtée dans la côte. Une pente à quarante-cinq degrés.

– Ce n'est pas parce que j'ai oublié de changer les piles que je dois absolument trimballer un carnet.

– Moi, je trimballe un carnet. Dedans, je note toutes les broutilles qui rendent la vie insupportable, en l'occurrence à moi.

– Quelqu'un va rentrer.

C'était l'heure à laquelle les gens rentraient chez eux, allaient se détendre.

– C'est cool de m'avoir prêté la voiture cette semaine. J'ai pu aller au tennis presque tous les soirs.

Adrien méritait une calotte.

Après dix minutes d'attente, écrasés dans nos sièges, Adrien a coupé le moteur. Les murs ne vibraient plus. Les phares de la voiture éclairaient la grille désespérément fermée.

– Personne ne rentre.

Le constat était tardif mais juste.

J'en avais marre d'avoir les pieds en l'air, le crâne aplati contre l'appui-tête.

– Hhhhmmm.

– On va finir par s'endormir.

J'aurais adoré qu'il s'inquiète, s'énerve, s'arrache les cheveux pour trouver une solution.

– Hmmmmm.

Nous étions presque couchés depuis vingt minutes.

– Il se passe quoi maintenant ?

Je tentais de lui faire comprendre : sans action de notre part, la grille ne s'ouvrirait pas.

– Je n'ai pas de boule de cristal. Je ne sais pas dans combien de temps quelqu'un rentrera.

Il se recalait dans son siège, cherchait une position plus confortable.

– J'en ai une, de boule. Dans mon carnet j'avais noté : « acheter une boule, en cas de trop grande difficulté ». Attends, je regarde si j'y vois une solution. « Possibilité d'acheter des piles au tabac du coin. » Ce ne serait pas comme une bonne idée, ça ?

Si je m'étais doutée…

– T'es chiante, il a dit en sortant de la voiture.

Le moins qu'on puisse dire, c'est qu'il n'y est pas allé en courant.

Les pieds en l'air dans le parking, j'ai eu le temps de ruminer l'affaire de la porte.

Comment avait-il pu penser que ça me plairait ?

– Est-ce que la porte est belle ? je lui avais demandé au téléphone.

J'ai failli perdre un dixième à chaque œil avant de dépasser les interphones.

Comment a-t-on pu badigeonner cette dégueulade sur les murs ? J'ai bloqué tout de suite, au niveau des boîtes aux lettres. Un jaune poussin, parsemé de microscopiques cailloux orangés. C'est ça, la couleur omelette choisie à la réunion du syndic ?

Il m'a été pénible de progresser dans le hall tricolore.

Arrivée à mon étage, j'ai frôlé la crise cardiaque. Je n'avais rien vu de plus laid, de plus grossier, de plus tapageur. Un rectangle d'acier bleu électrique, deux mètres trente de haut, un mètre vingt de large. Sur fond jaune. À vous décoller la rétine.

Adrien m'a joyeusement ouvert la porte d'un entrepôt, d'une grande surface, de n'importe quel bâtiment dont toute décoration est superflue.

– Tu n'aimes pas ?

Il a changé d'humeur en voyant la tête de la cliente.

Je pointais un doigt mou en direction de l'acier teinté, cuit au four.

– C'est à dégueuler. On se croirait chez Ikea !

Adrien a mieux regardé.

– Ah, oui, tu as raison.

Ça vous arrachait les yeux en un quart de seconde, et Adrien devait mieux regarder pour s'en apercevoir ?

La prochaine fois qu'il me trouve belle, je me jette par la fenêtre.

– Ce n'est pas la bonne couleur ! Bleu tellement foncé qu'on hésitera avec du noir ! On hésite entre un magasin de meubles en kit et la poste.

J'ai attrapé mon téléphone.

– La machine lit la référence, sort la couleur, madame.

Si j'avais donné la référence du bleu marine, j'aurais eu du bleu marine.

Avec Bessan, ça ne prenait pas. Il me restait une échéance à payer, il n'en avait pas encore vu le premier centime !

Devant mon désarroi, Adrien a pris les choses en main. Rendez-vous de toutes les parties : syndic, métallier, Adrien.

– Et moi ?

– Tu me laisses parler.

– Si j'ai envie de dire quelque chose ?

– Tu ne dis rien.

– Mais ?

– Pas un son.

– … ?

– Il te prend pour une conne, c'est évident.

– …

Pourquoi c'était évident ? Pourquoi me prenait-il pour une conne ?

– Laisse-moi faire, ce sera mieux pour tout le monde.

Pourquoi, même en soupirant, traînant les pieds, Adrien pensait-il être plus à même de régler le problème ?

La boule m'a donné raison, et ça irrite Adrien. À peine libéré de la grille, il a rageusement balancé le boîtier sur le siège arrière.

– Tu deviens difficile à vivre, il a sifflé entre ses dents.

Quand nous rentrerons tout à l'heure, l'un de nous devra récupérer le boîtier où il est tombé. Ce sera sûrement moi.

27

Adrien se comporte comme un homme d'affaires. Monsieur Artémis, comme un directeur de syndic.

Ça va s'arranger sans qu'un mot dépasse l'autre. Avec un peu de diplomatie…

Adrien a donné rendez-vous au serrurier en terrain neutre. Après une journée surchargée, des soucis par-dessus le tête, une séquestration de cinquante minutes dans la voiture, je suis parfaitement calme. Fraîche et dispose.

Comment je vais me sortir de cette nouvelle épreuve ?

Ma main au feu, le serrurier va m'énerver au premier coup d'œil.

Les deux négociateurs se serrent la main comme s'ils topaient déjà. Affaire pas encore conclue, mais ça ne saurait tarder entre ces hommes fiables, responsables, respectables, charitables.

Bessan est venu sans sa progéniture.

Monsieur Artémis est un être jovial. Il mange gras, boit trop de vin si l'on en juge à sa respiration difficile. Chaque phrase lancée sonne comme la dernière. Monsieur Artemis n'est pas en forme, mais semble heureux de recevoir ses clients dans son bureau. Même pour un problème, il ne laisserait pas sa bonne humeur se faire démolir.

– Madame…

Une poignée de main franche et amicale pour la plaignante.

Le léger conflit qui nous amène va se régler avec la plus grande des courtoisies.

– Alors ? il lance en s'échouant sur son fauteuil de cuir, aux coutures apparentes.

Le fauteuil, monté sur ressorts, monté sur roulettes, manque de nous renvoyer le-plein-de vin aussi vite qu'il l'a accueilli. Par un réflexe malencontreux, j'ai failli me protéger.

Ouf, le fauteuil encaisse le paquet.

Tout en s'agrippant à la table, l'homme bat des pieds. Par des petits coups secs et répétés, il pousse, fait avancer son fauteuil de quelques centimètres. Aux commandes, ventre collé à son bureau, le directeur nous invite à prendre place. Trois fauteuils plus modestes ont été disposés face à lui. D'un geste discret mais décidé, Adrien m'octroie un siège.

Dans la circonstance, vu les discussions préalables, je décide d'obéir au doigt et à l'œil. Adrien va me sortir de cette situation sans feu ni flamme. Je n'ai qu'à écouter pour sortir vainqueur.

– Nous sommes désolés de ce retard. Une réunion qui s'est un peu prolongée…

Adrien envoie une information à l'assistance. En homme important, il a des chats à fouetter un peu partout dans la capitale. De bonne composition, il vient régler une formalité.

Menteur, nous étions coincés les pieds en l'air, dans le garage.

Au diapason, monsieur Artémis embraye :

– Ne vous inquiétez pas, j'avais moi-même une foule de dossiers à boucler.

Ces deux hommes déclarent : nous sommes débordés, fourbes, mais secourables.

– Faut pas tarder, je dois passer sur un chantier, ce soir.

Le serrurier annonce : il n'a rien à secouer de nos civilités. Seule la dernière échéance à payer l'intéresse. Il ne veut pas la toucher à la Saint-Glinglin.

Ma main au feu ne brûlera pas ; il m'énerve.

Comment ? Mais comment vais-je me sortir de cette épreuve ?

Je décide de ne pas lever les yeux sur l'origine de mon tourment.

– Bien…

Le directeur du syndic ouvre la séance.

Qu'est-ce qu'on fait ? On s'empoigne ?

– Effectivement, ce choix de couleur n'est pas des plus heureux.

Il s'adresse à moi en ouvrant le dossier épineux.

Il n'est pas aveugle, c'est déjà un bon point.

– Vous aimeriez quelle couleur ?

Le syndic met les formes en s'adressant à une capricieuse. La réponse lui arrive d'une autre personne.

– Bleu marine, presque noir.

Comme convenu, Adrien intervient à ma place.

Monsieur Artémis, un instant déboussolé, regarde Adrien puis moi, Adrien puis moi. Il s'est bien adressé à la donzelle ? Pourquoi lui répond-on de l'autre côté ?

« Je n'ai pas le droit de parler », je ne peux pas lui dire.

Je souris niaisement, alors qu'il me regarde étonné.

– …

– Bien…

Il a l'air d'accepter la règle du jeu.

Qu'à cela ne tienne, on verra bien qui répond à qui plus tard. Monsieur Artémis en a vu d'autres.

Le syndic parcourt la série de photos, d'échantillons, de schémas, de preuves du mauvais goût.

– Si nous attendions du bleu marine, il y a effectivement…

– Non, non, non…

Après se voir renseigné par monsieur quand il s'adresse à madame, le voilà qui se fait couper la parole quand il ne s'adresse à personne.

Monsieur Artémis relève la tête sur ce nouvel imprévu.

– Pas d'erreur qui tienne. C'est une machine. La petite dame a donné une référence. Le gars met la référence dans la machine. La couleur sort. Si vous donnez une autre référence, vous avez une autre couleur.

Nous entrons dans le vif du sujet.

– Bien…

Ça devrait se régler en deux, voire trois coups de cuillère à pot. Allez, quand bien même il en faudrait un quatrième…

on.
on.
on.
; ouverts, façon curé aux fins de messe, mon-
Artémis met un terme à la séance. D'une bras-
reconduit le groupe à la sortie, fout ses fidèles
s.
te à bondir sur aucune autre affaire, ni à savou-
victoire, n'ayant aucun autre chat à fouetter,
te assise. Je tente d'effacer le sourire figé en
s de ma figure.
'est gratuit, la porte ?
i vient de poser cette question ?
silence plein de « Oh mince, je l'avais oubliée,
à… » émane des quatre coins de la pièce. Les
ls se tournent sur le détail oublié : moi.
a vache, elle l'a sorti… »
Io ? Hein ? Ah ? Alors ? Mais ?…
nsieur Artémis réagit le premier. Ça se com-
e sérieusement.
Comment ? Pardon ? Quoi ? Vous allez nous
un devis ?
voit soudain un allié en Bessan.
N'importe comment, il n'y a pas de surprise…
oins qu'on change de modèle, « quoi qu'il
: », c'est le même devis.
e nouvelle partie de « ni oui, ni non » reprend.
ns feu ni flamme, voix calme, posée, je place un
handicap dans la partie :
« Quoi qu'il arrive », je ne paie pas une seconde
:.

Monsieur Artémis se tourne de nouveau vers moi.

– Vous n'êtes pas la seule à trouver cette couleur atroce.

Je vais lui élever une statue en sortant de son bureau.

– Les goûts et les couleurs…

Même Adrien a un mouvement d'agacement quand le serrurier répond, alors qu'on ne lui a rien demandé.

Il se tourne vers moi : « T'as raison, c'est lui, le con. » Je peux lire un début de compréhension dans ses yeux.

Je souris niaisement.

– Alors, monsieur Bessan, que proposez-vous pour arranger notre problème ?

Avec une question si droite, nous allons obtenir une réponse claire. Le directeur du syndic est optimiste.

– Que voulez-vous que j'y fasse ? La porte, moi, je l'ai montée…

Deuxième essai :

– Il est impossible d'en changer la couleur ?

– Rien n'est jamais impossible… Dépend…

L'optimisme inébranlable de Monsieur Artémis ne l'empêchera pas de constater à son tour : le serrurier est con.

C'est là qu'Adrien entre en scène.

– Vous avez dit à ma femme que vous ne pouviez pas la repeindre, n'est-ce pas ?

Ma femme ? D'ordinaire, ulcéré par les alliances, Adrien entre dans la mêlée en me passant la bague.

– Ça ne se change pas comme la couleur d'une jupe.

Le serrurier renvoie les balles indifféremment à l'un et à l'autre. Et comme le caleçon d'un con ? personne n'a osé dire. La victoire me tend les bras de plus en plus nettement.

– Bien !

Ayant cerné le problème, le syndic décide de modifier sa stratégie, de passer à la vitesse supérieure.

– Quels sont les moyens à votre disposition pour régler notre problème de couleur ? J'ai d'autres colocataires mécontents.

Monsieur Artémis tente maintenant de reprendre un peu d'autorité sur l'artisan.

– On peut repeindre toutes les autres, celles en bois. On laisse le sixième étage comme il est. La petite demoiselle habite le dernier, personne ne passe devant.

Me voilà mariée, divorcée dans la foulée. Une telle emmerdeuse ne s'est certainement jamais vu proposer une bague de fiançailles. Bessan n'est pas dupe.

– Si nous pouvions conclure aussi facilement… Soyons raisonnables. Les propriétaires tiennent à l'unité.

Artémis perd de son autorité avant de l'avoir assise.

– Qu'est-ce qu'ils vont faire au sixième, aussi ?

Sur ce point, le serrurier n'a pas tort. Pourquoi le voisin du deuxième monte-t-il quatre étages pour contempler ma porte ?

– S'il faut changer le six…

L'artisan en fait des tonnes. « Quoi qu'il arrive », il va devoir la démonter…

– Me faudra trois gars pendant quatre jours, plus le matériel. Plus… À la louche, si tout roule, ça peut

se solder… en faisant au mieux
une quinzaine. Faut voir si les
– Vous pronostiquez deux se
Ce pauvre syndic espère une
Bessan est champion du « ni
pas le droit de l'avertir.
Qui ne dit mot consent. Voic
de cuillère à pot.
– Ça nous laisse le temps de co
inférieurs, sans traîner pour le
Artémis ne veut plus tergiverser.
est satisfait ?
Je souris moins niaisement.
Adrien va intervenir, je ne pe
porte neuve.
En chef de file, droit sur son
– Parfait.
« Rondement mené. »
– Biiien.
Les trois hommes se détendent a
rire devient plus crispé.
– Dans ce cas, messieurs, je ne
plus longtemps.
Monsieur Artémis règle les différ
sonné.
Un chantier, autrement plus i
Bessan, prêt à bondir hors du bu
modeste, un rien fier, Adrien se
ment.
Mes maxillaires commencent à r
Cas réglé à la vitesse de l'éclair,
trois négociateurs n'ont-ils rien om

Mon sourire éclatant de niaiserie illumine de nouveau la pièce.

– Ah… Bon… Oui… Ben… D'accord…

Le meneur de discussion fait rasseoir ses ouailles.

Sans agitation, nervosité, ni mécontentement, je me lève.

– Messieurs… Si vous n'avez plus besoin de mes services, je vous laisse régler ce détail.

– Hein ? Ben, ben, ben, ben…

Je serre courtoisement les mains des ahuris.

– Mon mari, pardon, mon… ami… mon « concubin », me représente sur ce dossier. Je m'apprête donc à disposer, si vous le permettez.

– …

– …

– …

Tout le monde semblant permettre, j'ai ouvert la porte.

– Bonne soirée, messieurs.

La balle est dans le camp d'Adrien, je lui file la raquette :

– Pas besoin de moi pour régler les détails, chéri ?

Gracieuse comme un petit rat, demi-pointes, je suis sortie sans faire de bruit.

Mince, les clés de ma voiture sont dans la poche de mon « mari, chéri ». Je hèle un taxi.

– Z'allez où ?

Oui, tiens, je vais où ? Les clés de ma vilaine porte se trouvent accrochées à celles de ma voiture, dans la poche d'Adrien.

Ma soirée s'annonce victorieuse sur toute la ligne.

Je donne l'adresse de la pizzeria en bas de chez moi.

Après deux jus de tomate au sel de céleri, un d'abricot, j'ai demandé un verre de vin.

– Nous n'avons pas de licence IV.

« Qui dort dîne », qui boit, aussi : pas d'alcool sans nourriture.

– Apportez-moi le menu.

– Vous serez seule ?

– Oui.

– Nous n'avons pas de demi-bouteille.

– Une grande.

– C'est des pichets.

– Un pichet, alors…

J'ai bu du… du… alcoolisé, de couleur rouge.

La réunion a duré un carpaccio de bœuf « à volonté », collé à l'assiette. Le temps de désincruster les tranches, j'aurai une nouvelle porte. Un plat de pattes carbonara ou un potage de crème aux tagliatelles. Une assiette de fromages non comestibles. Une mousse au chocolat moins glacée que son contenant. J'ai quel âge ? Je regardais dans le fond de mon verre de cantine. Soixante-dix-sept ans… Le pichet me montait au cerveau.

Les coups de cuillère à pot se sont donnés simultanément dans tous les sens.

– Vous prendrez un autre dessert ?

Qui boit beaucoup avale tout ce qui passe. Je vidai la fin du pichet dans mon verre.

– Va pour la poire Belle-Hélène.

Je faisais ripaille, dans la pizzeria.

– Non.
– Non.
– Non.

Bras ouverts, façon curé aux fins de messe, monsieur Artémis met un terme à la séance. D'une brassée, il reconduit le groupe à la sortie, fout ses fidèles dehors.

Prête à bondir sur aucune autre affaire, ni à savourer de victoire, n'ayant aucun autre chat à fouetter, je reste assise. Je tente d'effacer le sourire figé en travers de ma figure.

– C'est gratuit, la porte ?

Qui vient de poser cette question ?

Un silence plein de « Oh mince, je l'avais oubliée, celle-là… » émane des quatre coins de la pièce. Les regards se tournent sur le détail oublié : moi.

« La vache, elle l'a sorti… »

– Ho ? Hein ? Ah ? Alors ? Mais ?…

Monsieur Artémis réagit le premier. Ça se complique sérieusement.

– Comment ? Pardon ? Quoi ? Vous allez nous faire un devis ?

Il voit soudain un allié en Bessan.

– N'importe comment, il n'y a pas de surprise… À moins qu'on change de modèle, « quoi qu'il arrive », c'est le même devis.

Une nouvelle partie de « ni oui, ni non » reprend.

Sans feu ni flamme, voix calme, posée, je place un léger handicap dans la partie :

– « Quoi qu'il arrive », je ne paie pas une seconde porte.

se solder… en faisant au mieux… grosso merdo en une quinzaine. Faut voir si les gars sont libres…

– Vous pronostiquez deux semaines, donc ?

Ce pauvre syndic espère une réponse claire.

Bessan est champion du « ni oui, ni non », je n'ai pas le droit de l'avertir.

Qui ne dit mot consent. Voici le quatrième coup de cuillère à pot.

– Ça nous laisse le temps de commencer les étages inférieurs, sans traîner pour le sixième. Monsieur Artémis ne veut plus tergiverser. Est-ce que chacun est satisfait ?

Je souris moins niaisement.

Adrien va intervenir, je ne peux pas payer une porte neuve.

En chef de file, droit sur son siège :

– Parfait.

« Rondement mené. »

– Biiien.

Les trois hommes se détendent alors que mon sourire devient plus crispé.

– Dans ce cas, messieurs, je ne vous retiens pas plus longtemps.

Monsieur Artémis règle les différends comme personne.

Un chantier, autrement plus important, attend Bessan, prêt à bondir hors du bureau. La victoire modeste, un rien fier, Adrien se lève nonchalamment.

Mes maxillaires commencent à me faire mal.

Cas réglé à la vitesse de l'éclair, sans heurt. Les trois négociateurs n'ont-ils rien omis ?

Le serrurier renvoie les balles indifféremment à l'un et à l'autre. Et comme le caleçon d'un con ? personne n'a osé dire. La victoire me tend les bras de plus en plus nettement.

– Bien !

Ayant cerné le problème, le syndic décide de modifier sa stratégie, de passer à la vitesse supérieure.

– Quels sont les moyens à votre disposition pour régler notre problème de couleur ? J'ai d'autres colocataires mécontents.

Monsieur Artémis tente maintenant de reprendre un peu d'autorité sur l'artisan.

– On peut repeindre toutes les autres, celles en bois. On laisse le sixième étage comme il est. La petite demoiselle habite le dernier, personne ne passe devant.

Me voilà mariée, divorcée dans la foulée. Une telle emmerdeuse ne s'est certainement jamais vu proposer une bague de fiançailles. Bessan n'est pas dupe.

– Si nous pouvions conclure aussi facilement… Soyons raisonnables. Les propriétaires tiennent à l'unité.

Artémis perd de son autorité avant de l'avoir assise.

– Qu'est-ce qu'ils vont faire au sixième, aussi ?

Sur ce point, le serrurier n'a pas tort. Pourquoi le voisin du deuxième monte-t-il quatre étages pour contempler ma porte ?

– S'il faut changer le six…

L'artisan en fait des tonnes. « Quoi qu'il arrive », il va devoir la démonter…

– Me faudra trois gars pendant quatre jours, plus le matériel. Plus… À la louche, si tout roule, ça peut

Monsieur Artémis se tourne de nouveau vers moi.

– Vous n'êtes pas la seule à trouver cette couleur atroce.

Je vais lui élever une statue en sortant de son bureau.

– Les goûts et les couleurs…

Même Adrien a un mouvement d'agacement quand le serrurier répond, alors qu'on ne lui a rien demandé.

Il se tourne vers moi : « T'as raison, c'est lui, le con. » Je peux lire un début de compréhension dans ses yeux.

Je souris niaisement.

– Alors, monsieur Bessan, que proposez-vous pour arranger notre problème ?

Avec une question si droite, nous allons obtenir une réponse claire. Le directeur du syndic est optimiste.

– Que voulez-vous que j'y fasse ? La porte, moi, je l'ai montée…

Deuxième essai :

– Il est impossible d'en changer la couleur ?

– Rien n'est jamais impossible… Dépend…

L'optimisme inébranlable de Monsieur Artémis ne l'empêchera pas de constater à son tour : le serrurier est con.

C'est là qu'Adrien entre en scène.

– Vous avez dit à ma femme que vous ne pouviez pas la repeindre, n'est-ce pas ?

Ma femme ? D'ordinaire, ulcéré par les alliances, Adrien entre dans la mêlée en me passant la bague.

– Ça ne se change pas comme la couleur d'une jupe.

Je donne l'adresse de la pizzeria en bas de chez moi.

Après deux jus de tomate au sel de céleri, un d'abricot, j'ai demandé un verre de vin.

– Nous n'avons pas de licence IV.

« Qui dort dîne », qui boit, aussi : pas d'alcool sans nourriture.

– Apportez-moi le menu.

– Vous serez seule ?

– Oui.

– Nous n'avons pas de demi-bouteille.

– Une grande.

– C'est des pichets.

– Un pichet, alors…

J'ai bu du… du… alcoolisé, de couleur rouge.

La réunion a duré un carpaccio de bœuf « à volonté », collé à l'assiette. Le temps de désincruster les tranches, j'aurai une nouvelle porte. Un plat de pattes carbonara ou un potage de crème aux tagliatelles. Une assiette de fromages non comestibles. Une mousse au chocolat moins glacée que son contenant. J'ai quel âge ? Je regardais dans le fond de mon verre de cantine. Soixante-dix-sept ans… Le pichet me montait au cerveau.

Les coups de cuillère à pot se sont donnés simultanément dans tous les sens.

– Vous prendrez un autre dessert ?

Qui boit beaucoup avale tout ce qui passe. Je vidai la fin du pichet dans mon verre.

– Va pour la poire Belle-Hélène.

Je faisais ripaille, dans la pizzeria.

Mon sourire éclatant de niaiserie illumine de nouveau la pièce.

– Ah… Bon… Oui… Ben… D'accord…

Le meneur de discussion fait rasseoir ses ouailles.

Sans agitation, nervosité, ni mécontentement, je me lève.

– Messieurs… Si vous n'avez plus besoin de mes services, je vous laisse régler ce détail.

– Hein ? Ben, ben, ben, ben…

Je serre courtoisement les mains des ahuris.

– Mon mari, pardon, mon… ami… mon « concubin », me représente sur ce dossier. Je m'apprête donc à disposer, si vous le permettez.

– …

– …

– …

Tout le monde semblant permettre, j'ai ouvert la porte.

– Bonne soirée, messieurs.

La balle est dans le camp d'Adrien, je lui file la raquette :

– Pas besoin de moi pour régler les détails, chéri ?

Gracieuse comme un petit rat, demi-pointes, je suis sortie sans faire de bruit.

Mince, les clés de ma voiture sont dans la poche de mon « mari, chéri ». Je hèle un taxi.

– Z'allez où ?

Oui, tiens, je vais où ? Les clés de ma vilaine porte se trouvent accrochées à celles de ma voiture, dans la poche d'Adrien.

Ma soirée s'annonce victorieuse sur toute la ligne.

– Vous prendrez un digestif ?

– Non merci, je n'ai plus faim.

L'estomac défoncé, ivre morte, mon foie était sûrement gros comme une pastèque.

– L'addition ?

– Voilà, c'est ça.

Il ne restait plus que moi dans la pizzeria, alors que la moitié du mobilier avait les pieds en l'air.

– Bon, ben, je vais y aller...

Assise devant ma porte bleu électrique, j'ai attendu le retour du vainqueur.

J'ai entendu tous les voisins rentrer chez eux. Celui du deuxième a claqué sa porte le dernier.

– Baisse de TVA. Réduction de neuf pour cent.

Adrien était ravi de sa négociation.

– Ce n'est plus une victoire, c'est un triomphe.

Je lui ai fait une standing-ovation dans l'escalier. Quel bonheur : je vais payer la facture du syndic en solde, à neuf pour cent, hors taxes !

Folle de joie de me faire amputer du reste de mes économies, j'applaudissais à tout rompre.

– T'as trop bu.

– Tu m'étonnes. J'ai payé la cruche, je l'ai bue. Je finis ce que je commence, moi, monsieur !

28

Pourquoi ça ne tourne pas plus… plus... plus carré ?

Pleine de doutes, j'avais encore la gueule de bois le lendemain dans le train pour Marseille.

Ce congrès ne m'enthousiasmait pas. C'était bien la première fois que la mutuelle m'ennuyait. C'était bien la première fois que je n'avais pas envie de m'asseoir face à Devallombrin. C'était bien la première fois que j'aurais préféré rester couchée.

Déjà un mauvais pressentiment ce matin, en bouclant ma valise. J'avais raison.

– Un événement chez ce ringard ? Hors de question. Vous me décevez, mademoiselle Mercier, m'a dit Devallombrin quand je lui ai soumis la proposition de Plassenet.

Ça ressemblait à un avertissement. Une déception, ça va passer, deux, ça va coincer. J'ai failli m'étouffer avec mon café.

Trémaux a retourné sa veste :

– Une ville peu dynamique, mal gérée, impopulaire. Plassenet a trop mauvaise réputation. On va perdre un fric fou.

Il a renchéri avec une aisance… il était déçu, pour un peu, lui aussi.

« C'est de sa faute ! » j'ai failli gueuler dans le club quatre, en première classe. Il m'a envoyée au casse-pipe. Ça fait une semaine que Steph, Marianne et moi planchons sur son événement impossible.

Je ne savais rien de Plassenet, moi. J'ai à peine le temps d'ouvrir un canard, de tourner le bouton de la radio, de regarder le 20-Heures.

Qu'il croupisse en prison, dans le château d'une ville sinistrée, le répertoire du Bottin mondain, ou celui de deux traîtres, est le cadet de mes soucis.

– Allô Steph ? Je te dérange ?

Je l'ai appelée dès que j'ai posé le pied dans ma chambre d'hôtel à Marseille.

– Non, je suis avec Bertrand.

Steph voit Bertrand dont « elle n'a rien à faire » quand elle n'a rien à faire. Elle n'a pas souhaité faire partie du voyage. Elle n'y était pas obligée. Steph a compris quelque chose que j'ignore.

J'ai souhaité faire partie de tous les voyages. J'y suis contrainte.

Pourquoi moi, j'ai « à faire de tout » ?

Assise sur le lit dans ma chambre, je regarde les quatre murs, les quatre angles droits. Je pourrais rester là des années.

Trémaux m'a tendu un piège. Ou est-ce Plassenet qui a profité de mon ignorance ? Le secrétaire du maire m'a déjà appelée cinq fois.

– J'avance, j'avance.

Je ne sais pas comment lui dire merci pour le service rendu, il sera sans retour, mes supérieurs se foutent de votre gueule, de votre ville, comme de leur dernière chemise.

Devallombrin était-il ami, oui ou non, avec Plassenet ?

Putain, qu'est-ce que je vais faire ? Je me suis engagée à lui organiser un événement.

– On a bossé pour rien, et alors ?

Steph se fichait du travail accompli toute cette semaine, de l'événement imaginé. Qu'il se concrétise ou non n'avait aucune importance pour elle.

Dans trois jours, je me retrouverai face à Plassenet. Dans trois jours, il veut lire notre proposition. Dans trois jours, je vais lui dire que nous abandonnons.

– Ne t'entête pas. Laisse un peu aller.

Steph avait-elle raison ? En « laissant aller », je vivrais mieux ? En m'en remettant au hasard, je pouvais espérer de bonnes surprises ?

Les « bonnes surprises », je n'en ai pas beaucoup de souvenirs. Chaque fois que j'ai baissé la tête, je me suis pris le poteau.

Mes supérieurs ne sont pas potes avec Plassenet, j'ai compris ça dans le train, ce matin.

– Ce type est au placard, dans cette ville. Moins nous aurons affaire à lui, mieux nous nous porterons.

Devallombrin a mis un terme au projet.

– Nos femmes passent leurs journées à « s'emmerder ensemble », a ironisé Trémaux.

Quel imposteur ! Incapable de décider seul, il se balade au milieu des puissants, s'attribue nos réussites, se désolidarise au moindre échec.

Ça a fait marrer Devallombrin.

– Qu'est-ce que je dis à monsieur Plassenet ?

Question stupide, si j'en crois la réponse.

– Vous lui dites non.

Ça les a fait marrer tous les deux.

Je découvrais des êtres sans égards. Trémaux et Devallombrin ont continué leur discussion, comme si je n'étais plus là.

À mon retour, j'ai rendez-vous avec le « ringard ».

– Rapporte-moi du savon à la lavande, m'a demandé Steph avant de raccrocher.

J'ai regardé la chambre autour de moi. Les murs blancs reposaient mes yeux. J'évitais le tableau accroché sur la gauche. Le plafond blanc était bas. Il me protégeait. Le lit recouvert de draps blancs était trop petit pour deux. Bien assez grand pour moi. Les placards étaient vides.

Pas un bruit. J'étais seule au monde. Je vais décrocher le tableau, je ne vais plus jamais sortir d'ici, je rêvais subitement d'une vie sans couleurs.

Qu'avait compris Steph que je n'avais pas compris ? Qu'est-ce que je tentais de construire ?

– Mademoiselle Mercier ?

Trémaux m'a arrêtée à la réception de l'hôtel avant l'arrivée de Devallombrin.

– Oui ?

– J'ai reparlé avec Jacques. Il est d'accord pour un événement chez Plassenet, à moindre coût.

J'aurais pu l'embrasser.

29

L'homme à l'entrée m'a fait un immense sourire.

– Monsieur Plassenet vous attend, mademoiselle Mercier.

Il ne m'a pas fait patienter dans le salon de la République.

Le haut battant de la porte s'est lentement ouvert sur le secrétaire.

– Mademoiselle Mercier !

Le secrétaire était ravi de me revoir.

Deux bises amicales, l'homme s'est empressé de refermer la porte, m'a conduite sur le point de Hongrie. Il a avancé un siège, m'a fait asseoir.

– Monsieur le maire arrive.

Il a baissé la voix devant les visages peints, encadrés aux murs.

Le secrétaire a avancé un deuxième fauteuil qu'il a collé au mien.

À quoi va ressembler cet événement ? Il s'est frotté les mains en s'asseyant. C'est toujours excitant, la fête au château.

Assis presque sur mes genoux, il a vérifié le bon fonctionnement de son stylo. L'encre s'écoulait bien jusqu'à la plume. Il a fait passer la page de garde cartonnée sur l'arrière de son bloc Rhodia. Les feuilles blanches, petits carreaux, sur les cuisses, il était paré, prêt à noter.

Assis côte à côte, face à l'imposant fauteuil vide, nous avons attendu un quart d'heure en silence.

– La torpille !

Bras ouverts à dix heures dix, monsieur le maire entre comme un vieil acteur dans une pièce de Feydeau.

– Ah, ah ! Voyons ce que nous a pondu notre petite Mercier.

Il chante presque en jouant l'intrigue. J'hésite à applaudir sa mimique quand il aperçoit le dossier déposé sur sa table.

Monsieur le maire tire un peu sur son pantalon, au niveau de ses hanches. Ça lui dégage l'aine. Il râle d'aise en s'installant confortablement. Monsieur le maire tire un peu sur les manches de sa chemise. Ça lui dégage coudes et poignets.

La scène d'exposition jouée, personnage campé, monsieur le maire sort son briquet doré. Ça l'aide à se concentrer.

Boutons de manchette, briquet en avant, monsieur le maire découvre le fruit de ma « ponte » :

Une année de croquettes gratuites pour le troisième prix. Une année de toilettage pour le deuxième. Une année de couverture médicale pour le gagnant.

Stylos, agendas et porte-clés à l'effigie de la société.

Un après-midi festif autour des animaux de compagnie.

Monsieur le maire tourne les pages en silence, maintenant.

Sous l'œil attentif de ses spectateurs immobiles, il progresse dans sa lecture. Troisième page. Il fait tourner le briquet entre ses doigts. Quatrième. Toujours aussi concentrés, ses yeux vont et viennent de gauche à droite. Retour à la ligne. Cinquième page. Je sais précisément où il en est, je connais le texte par cœur. Chaque mot, chaque virgule. Sixième page. Rien n'a été laissé au hasard. Solution de repli en cas de mauvaise météo. Il plaque et claque son briquet sur la table au milieu de la septième page, relève un visage sévère.

– Une kermesse pour clébards ?

Les spectateurs attentifs sont cueillis. Est-ce du lard ou du cochon ? Personne ne bouge.

– C'est un canular ? J'aurais tout de même espéré une journée plus, plus…

Monsieur le maire soulève la septième page.

C'est du cochon. Il incline la feuille comme si les écritures pouvaient en glisser.

Il attendait mieux d'une « torpille ». Il relâche la page dégoûtante.

– Une foire à la saucisse ?

Fin du spectacle. Collée au secrétaire, face au maire, aux tableaux d'hommes importants, je suis clouée au pilori.

– Pardon ?

– Vous me proposez une course de chiens sur le terrain de foot ? Qu'est-ce que c'est que ces conneries ?

Ma copie est un torchon. L'acteur change de registre. L'examinateur est mécontent du devoir rendu.

Inerte, je ne sais pas quoi répondre.

Que pouvais-je proposer ? Son terrain déplumé n'a rien à voir avec les pelouses de Reuilly. Deux baraques à frites, un podium, c'est tout ce que je peux caser là-dessus.

Monsieur le maire est déçu. Très déçu. Très très déçu.

Il veut bien sûr intégrer son peuple à la fête, mais il ambitionnait tout de même d'y convier :

– Une autre catégorie, plus… enfin plus…

De bas en haut, il mime un geyser, un volcan, un ascenseur.

Il prend appui sur son secrétaire, témoin de la déconvenue.

– Il me semblait pourtant avoir été clair ?

Il s'adresse à un cancre.

Mon voisin, meilleur élément, hoche la tête. Oui. Très clair. Il avait tout compris au premier cours.

Monsieur le maire repousse mon dossier du bout des doigts. Un désastre. Il secoue la tête. Tout est à revoir.

– Bien sûr, il faut faire participer les habitants…

Il en rirait presque. Tout est à réexpliquer.

La plume du secrétaire s'écrase sur la page blanche.

Je n'ai pas besoin de tourner la tête pour lire ce qu'il gratte sous mon nez : « participation des habitants ». Le bon élément souligne le point essentiel.

– Écoutez, mademoiselle Mercier.

Il soupire.

Puisqu'il faut tout m'apprendre, reprenons à la base :

– Une partie de cette journée doit impliquer les habitants. Ne revenons pas dessus. Nous pouvons tout de même revoir nos ambitions à la hausse. Nous adresser à une population un peu plus… Clôturer par un dîner un peu mieux… en grande pompe.

Ses envies de bal sont plus mondaines que musette.

Le secrétaire griffonne de nouveau : « grande pompe ».

– Une frange pas du genre à sortir sa joncaille pour des lapins, chats ni chiens en mal de croquettes sur un terrain de foot !

Il en rit. Accablé d'avoir à dire ce que tout le monde sait.

– Bijoux.

Mon camarade me fait la traduction à voix basse.

– Je connais bien cette population.

Il va devoir faire un cours là-dessus, aussi.

Le prince Albert était encore en culottes courtes lorsqu'il faisait valser la mère.

– La trivialité du propos est tout de même… Avouez…

Il prend des allures de maître de conférences.

Je dis :

– Oui.

Je suis dir com chez Assu-Toutous, il a l'air d'oublier, mais je dis « oui ».

– Je peux mettre à disposition nos salons.

D'un geste large, il souligne ampleur et splendeur des lieux. Ça crève les yeux de tous ceux qui mettent un pied ici. On s'arracherait cet endroit s'il tombait dans le domaine privé. Faut-il être stupide pour crécher sous la tente lorsqu'on vous ouvre le château !

Celui qui espère redorer son blason attend d'une mutuelle pour animaux domestiques une soirée de Croisette.

Celui qui espère regagner ses lettres de noblesse demande à une employée d'assurances pour clébards une soirée rallye.

Devallombrin ne me lâchera pas un kopeck pour cette opération. Il m'a clairement ri au nez dans le TGV, mais je dis « oui ».

Je dis « oui » parce que je ne peux pas dire « non ».

Le maire fait reculer sa chaise. Mes lacunes sont nombreuses. Il se lève, se met à marcher de long en large derrière son bureau, sous les portraits des hommes importants.

– Les dîners de charité organisés par ma femme et celle de Jaco engloutissent des fortunes, mais apportent une certaine image, un prestige certain, aux communes, lieux accueillants et sponsors, vous pouvez plaider auprès de Jaco.

Je suis en formation accélérée.

– Jaco : Jacques Devallombrin…

Mon camarade souffleur continue sa traduction simultanée.

J'aimerais qu'il arrête de me souffler dans le conduit.

– Si vous parvenez à faire venir deux scribouillards…

– Journalistes.

– Merci.

– Deux, trois appareils photo, le tour est joué.

La société dirigée par son ami n'a pas des préoccupations d'une distinction folle, mais elle détient un pouvoir au-dessus des autres : l'argent.

Leur « amitié » ne lui garantissant pas la cruciale aide financière :

– … Nous devons imaginer un échange.

Une soirée, du genre de celles organisées par sa femme, « mine en matière de relations », de celles organisées par madame Devallombrin, « ayant droit à son pourcentage caisse », apporterait un plus à l'image de marque de Jaco.

L'amitié des deux philanthropes sait être d'une grande efficacité.

– Il déduit ça des charges, et hop !

C'est tout de même élémentaire. Monsieur le maire tire de nouveau sur son pantalon, se libère de nouveau l'entrejambe, se rassoit.

– Dès qu'il y a un vieux bout de terrine à gratter, on fait venir du monde.

Cette confidence est destinée à me faire gagner un temps précieux.

– Le problème est de trouver le pâté. Ma femme vous aidera sur ce point.

Sur un geste du maître, le bon élément me glisse une liste d'associations.

Les habitués des cocktails, galas, garden-parties, raouts, se déplacent pour des causes nobles. Foyer des filles-mères de Saint-Ombrin, enfants illettrés d'Afrique subsaharienne, lutte contre les maladies orphelines…

– Est-ce que c'est plus clair pour vous, ma petite Mercier ?

Ma petite co-conne, il aurait aussi pu dire.

Les points sur les *i* sont-ils placés ?

Le fayot me fixe à son tour. Est-ce que je comprends ce que dit le maître ?

Je dis « oui ».

– Pour que l'on dépense, il faut s'amuser. Pour que l'on s'amuse, il ne faut pas que le tableau soit trop sombre. Sinon, ça donne des chèques de bonne conscience.

« Dépenser ». Mon camarade note les précieuses informations.

– Comment émouvoir cette population si particulière ?

Plassenet devance mes futures questions, oriente mon futur devoir.

– Les animaux.

Il se remémore les larmes de toute la famille à la mort de leur chatte. Elle était si mignonne. « Grisette ». Des yeux verts, magnifiques.

Inconsolable, sa tante a dépensé une fortune pour empailler son toucan.

– Suffit de choisir l'animal. Ma femme vous aidera sur ce point.

« Animaux. Demander à Patricia », s'inscrit sous mon nez.

– Les grands chasseurs. Ils ont tous fait au moins un safari au Tchad.

« Valeurs chic. Safari Tchad. » Une ligne de plus sur la copie

– Les grands voyageurs. Ils ont tous la collection complète des récits de Vasco de Gama, de Pucci, de Colomb, de Lewis.

« Grands voyageurs : Christophe Colomb. »

– Les contrées en déforestation. Ils ont tous une photo au mur, un ami indien, zaparo, shipibo-conibo, jebero, un livre de Yann Arthus-Bertrand.

La plume griffe plus qu'elle ne gratte, maintenant :

« Amis pauvres. »

– S'ils ne pleurent pas pour un chien, ils sangloteront pour les grands singes, les troupeaux des steppes.

« Pleurent pour les singes. »

– S'ils ont du mal à sortir le chéquier, ils paient cher pour montrer qu'ils peuvent plus encore.

« Beaucoup d'argent en réserve. Difficulté à sortir chéquier. »

– Et pour votre fête à neuneu, la merguez pas trop chère, la frite jaune, la bière aussi… une tombola, et roule.

Il s'adosse à son fauteuil, fier de son bouclage.

Le secrétaire me jette un coup d'œil. La frite- saucisse, je vais m'en souvenir ? Il ne note pas cette dernière information.

La cohérence était trouvée. Suffisait de changer la décoration à la mi-journée.

Ben voilà. Je n'avais plus qu'à aller trouver la femme de « Jaco ».

Le secrétaire m'a tendu son résumé de cours.

– Appelle-moi si tu as besoin de quoi que ce soit.

Il m'a secoué l'épaule.

Nous frôlions la démence.

30

Je ne sais plus dans quel sens me diriger pour quitter la mairie. Cette porte d'entrée, c'est la sortie ? J'ai un mal fou à avancer tant les événements me dépassent. C'est marqué « sortie ». Sortie vers où ? Je ne suis plus sûre de rien. Et si je sortais du mauvais côté ? Par la mauvaise porte ?

Ce panneau rouge, avec une grosse bande blanche, c'est un sens interdit ? Une voiture s'y engouffre.

Pourquoi rien n'a l'air de ce qu'il est ? Pourquoi ce qui n'est pas logique se produit ? Ce qu'on attend n'arrive jamais ?

La dame, avec sa poussette, traverse juste à côté du passage pour piétons. Est-ce toujours à la boulangerie qu'on achète son pain ? Mes connaissances sont-elles à jour ? Ce gamin en train de courir veut-il avancer plus vite ?

Steph a trouvé Plassenet dur à la « comprenette ». Ça continuait, de retour au bureau. Pourquoi riait-elle ? Steph trivialisait, s'amusait de ce qui me faisait trembler.

– S'il pense que Devallomb' va lui farcir la dinde de marrons…

Qu'en savait-elle, qui farcirait quoi pour qui ? Steph sait-elle quelque chose que je ne sais pas ? Me cacherait-elle la clé de la réussite ? La désinvolte me dissimulait-elle un passe ? Elle se retournait, reprenait son dossier « détartrage canin ».

Où se trouvait Marianne ? Une fois de plus, je notais son absence quand sa présence m'était essentielle.

– Chez le médecin. Elle arrive.

Elle ne serait pas plutôt dans les étages supérieurs en train de rire de mon échec, elle aussi ? Rira bien qui rira le dernier. Co-conne toi-même.

Je me retire sur la pointe des pieds sans rien dire à personne. Elles m'ont envoyée à l'échafaud avec ce dossier élaboré sur leurs conseils. Je préfère m'enfermer dans mon bureau plutôt que d'entendre tous ces salauds ricaner près de la machine à café. Ça les amuse, mon bonnet d'âne.

Je vais me mettre à pied d'œuvre immédiatement. Je vais tout reprendre point par point. Si le jeu a plusieurs participants, c'est qu'il y a une règle.

Je reprends la liste du bon élément.

« Dépenser ». « Femme, mine en matière relations ». « Safari au Tchad ». « Christophe Colomb ». « Shipibo-conibo ». « Pleurent pour singes ». « Beaucoup argent, réserve ». « Du mal à sortir chéquier ».

Qu'est-ce que je peux faire avec ça ? Les indices sont maigres, je dessine bientôt une carte au trésor.

Un peu de sang-froid. S'il y a une solution, je la trouverai, suffit de poser le problème autrement.

Si $a+b^2$ est toujours égal à $a^2+2ab+b^2$, alors je vais trouver la bonne équation. Les calculs ne me sont pas favorables pour le moment. Le nombre d'inconnues, trop élevé, ne me facilite pas la tâche, en cherchant…

Une proposition donnée ne peut avoir que deux valeurs : vraie ou fausse.

J'ai le résultat sans le procédé.

Si je pose mon problème, il ne peut avoir que deux valeurs : bonne ou mauvaise.

Quel en est l'énoncé ? Je note clairement sur une feuille :

Si nous considérons que Devallombrin détient le pactole grâce à la mutuelle, que Plassenet veut obtenir une partie de ce pactole sans y apporter le moindre centime. Que Devallombrin n'est pas favorable à Plassenet, mais s'en réfère à Trémaux favorable à Plassenet d'un côté, non favorable de l'autre, mais tout de même favorable aux deux, j'ai deux éléments répétés, connus, opposés, un élément répété, isolé, inconnu, pour un résultat supposé, à savoir :

Après-midi saucisses+ soirée de gala. Je peux donc poser l'équation suivante :

(Plassenet+Trémaux)^2– (Devallombrin+Trémaux)^2+Mutuelle pour animaux domestiques=saucisses+soirée gala.

En développant mes facteurs, j'obtiens :

Plassenet^2+Trémaux^2+2(Plassenet.Trémaux)–Devallombrin^2–2(Devallombrin.Trémaux)–Trémaux^2 +Mutuelle=saucisses+soirée gala.

Les deux Trémaux, l'un négatif, l'autre positif, au carré s'annulent, je les fais tomber.

Il me reste :

$P^2-V^2+2T(P-V)+M$=saucisses+soirée gala.

Si la valeur Trémaux devient nulle, il me reste :

P^2-V^2+M=saucisses+soirée gala.

Si je rends Plassenet > à Devallombrin, alors soirée gala+saucisses est positif. Il me faut rendre P supérieur à V+M.

Je sais maintenant ce qu'il me reste à faire : l'impossible.

Un calcul de probabilités. Je pose mon nouvel énoncé :

Considérant Plassenet ringard aux yeux de…

Je m'affale sur ma table. Je suis fatiguée.

Je vais chercher une longère à vingt kilomètres du premier village. « Une vie de merde », ça va s'appeler. A^2 fera ce qu'il voudra de AB. Les saucisses danseront au gala, Plassenet bouffera son cigare, Devallomb' sa tirelire, Trémaux sera écartelé. J'ai une chance sur un million de m'en sortir.

Moi aussi, je vais regarder les fleurs pousser, les poules pondre, écouter la météo, même quand je ne sors pas. J'ai imaginé une vie sans bousculade. J'ai posé ma tête sur la table.

Je crois que j'ai dormi une heure : soixante minutes, trois mille six cents secondes. Est-ce que j'ai rêvé ? Non, je ne crois pas.

– Pleure pas, on va y arriver.

Steph a trouvé mes yeux rouges quand elle est entrée.

– T'as frappé à la porte ?

– Oui.

– J'ai dit « entrez » ?

– Non.

Elle est quand même entrée. Sans demander si elle pouvait, elle s'est assise.

Nous ne pouvons pas compter sur Marianne.

– Son fils a fumé de la drogue, elle lui cherche un internat.

– Cool. Il y avait trois chances sur quatre d'obtenir ce résultat avec Marianne, j'ai résolu cette probabilité avec succès.

Steph m'a regardée comme si je devenais cinglée.

31

Le terrain de foot de Plassenet était noir de monde. J'étais tellement fière.

Le barbecue géant, les buvettes ont croulé sous la demande. Là où personne ne met les pieds d'ordinaire, on s'est rué. Ils n'ont jamais vu autant de voitures, jamais entendu un tel boucan sur un lieu aussi peu adéquat. Devallombrin, puissance dix, m'a convoquée deux jours plus tard dans son bureau.

– Personne n'y croyait ! Je vous félicite, ma chère.

Il n'a jamais parlé si fort. C'est la première fois qu'on m'appelle « ma chère ». Capable de faire entrer les ronds dans les carrés, je suis l'auteur d'un miracle.

– Ma femme vous est très reconnaissante, et moi doublement.

Tout me paraît simple d'un coup.

La course comme les concours de beauté pour chiens étaient pris d'assaut.

Ravitaillement de saucisses au bout de trois heures.

Rapport à la main, Devallombrin n'en revient pas.

Le dîner de charité des femmes Devallombrin-Plassenet au profit des Addax a rapporté quatre fois la somme espérée.

La tête comme une citrouille, au bout d'une heure, Trémaux ne savait plus où se cacher pour échapper à la sonorisation.

Les partenaires, réticents jusqu'alors, sont ravis. Les bises, serrages de main et tapes sur l'épaule, pleuvaient. Les joggings ont laissé place aux nœuds papillons. Les merguez, aux truffes. Le logo d'Assu-Toutous a brillé de midi à minuit ! Si elles ne sont pas hors de danger, les antilopes à nez tacheté ont les poches pleines.

Oubliant Trémaux dans un coin, Devallombrin m'a servi une coupe de champagne. Il a glissé son bras sous le mien. J'ai senti : il se parfume au muguet.

Le P-DG m'a emmenée en promenade dans son bureau. Nous avons foulé la moquette ensemble.

– Mademoiselle Mercier, que planifiez-vous pour les fêtes de fin d'année ? il m'a demandé, devant le porte-parapluie.

Nous flânions bras dessus bras dessous, autour de sa table.

– Avez-vous pris connaissance des propositions du CE ?

Il a fait une pause près de l'armoire en acajou.

Le P-DG m'entretenait « vacances d'hiver ».

Impensable. Même Trémaux s'est arrêté de siroter son verre, servi par lui-même.

Le comité d'entreprise propose des billets abordables pour le Nouvel An. Des séjours en club, pension complète, avec animations. Hammamet, Louxor, Tenerife….

Louxor m'aurait bien tentée… Je voulais m'inscrire la semaine dernière.

Découvrir le temple d'Amon, la cité de Thèbes, en suivant un drapeau. Adrien a refusé. Il déteste les visites guidées. Il craint la farandole en tongs après le repas.

– Connaissez-vous Maurice ?

Au miracle accompli suivait un cadeau du ciel : une semaine pour deux sur l'île Maurice.

– Une semaine pour deux sur l'île Maurice, Adrien !

J'ai déboulé dans le salon. J'avais pensé qu'il lâcherait son livre. J'avais pensé qu'il sauterait de joie. J'avais espéré qu'il me félicite. J'avais imaginé son regard illuminé de bonheur se posant sur moi. Les superlatifs se bousculeraient dans sa bouche. Incroyable, magnifique, sensationnel, merveilleux. Nous allions chanter, danser, nous embrasser, j'avais cru.

Adrien a baissé son livre. Il a secoué la tête. Il a soupiré.

– Ils nous prennent vraiment pour des cons.

Il n'avait aucune envie d'embarquer pour une destination envahie de tour-opérateurs.

Une île fabriquée, aux plages aménagées, au sable importé. Ils mettent des filtres aux objectifs pour contraster les photos. La mer n'est pas si bleue. Les oiseaux sont amorphes, les requins domestiqués. Les chalutiers n'y croisent que pour y déverser les poissons, pêchés partout ailleurs.

Adrien aimerait me faire plaisir, mais là, vraiment, l'île Maurice... Il préfère encore la piscine municipale, l'Aquaboulevard ou Center Parcs.

On découvrira un jour que le soleil y est en plastique.

– Pourquoi ne pas visiter un pays, plutôt ?

Adrien a repris son livre sur la IIe République du Turkestan oriental.

Il ne veut rien savoir ni du jardin de pamplemousses ni de l'océan Indien.

Plongé dans son document sur la résistance des Ouïgours, la canne à sucre, le thé, l'eau à vingt-cinq degrés ne lui disaient rien.

Sa passion pour les arbres se limitait aux marronniers de Paris. Ni les palétuviers ni les filaos ne captaient son attention. Rien à secouer des racines gigantesques capables de fixer l'azote.

S'il avait voyagé, ce n'était pas mon cas. La barrière de corail protège le lagon, je répétais ce mot suave, « lagon ». Je lisais le dépliant, louchais sur les photos, incapable de me faire à l'idée : j'irais seule, ou pas du tout. Le corail avait-il été planté ? Même si le ciel et la mer n'étaient pas si bleus, c'était joli. Il y a sûrement un volcan, c'est marqué « île volcanique ». Je n'osais même plus argumenter. Comment convaincre Adrien ?

Il avalait une rondelle de tomate. Il sauçait l'huile d'olive avec son minuscule morceau de pain.

« Paradisiaque », c'était marqué en gros sur le dépliant, putain...

Huit jours, c'était trop peu pour visiter un pays. La prochaine fois, Adrien choisirait la destination. Sur les traces de Babylone, en Mésopotamie. Je vais me retrouver en Irak à tous les coups, si je lui propose ce marché.

L'idée m'est venue alors que je n'y croyais plus.

– Non mais dis ! Non mais dis… Ça m'a l'air d'être plus compliqué qu'il n'y paraît, le paradis…

Tu savais ça, que les gens y ont souffert ? Une ville s'appelle, carrément, le Cap-Malheureux. Tant de naufrages ont eu lieu sur ces côtes ! Elles doivent en porter les cicatrices.

Je secouais la tête à mon tour.

Cette île colonisée tant d'années. On y parle plusieurs langues. Ces peuples maltraités, échoués contre leur volonté sur ce bout de terre… Le créole bien sûr, mais ça m'a l'air bien plus complexe… Attends voir…

Je dénichais de nouvelles informations. Ah oui, le vernis craquait. Rien à voir avec ce que je pensais ! L'île paradisiaque est un pays sinistré ! Certes, on peut y caresser des tortues géantes, mais ces gens, parachutés là, venus des quatre coins de la planète, agglutinés dans la capitale, parce qu'il y avait de vrais gens, entassés comme des lapins dans des tours. Avaient-ils choisi de venir ? Hindi, bhojpuri, ourdou, mandarin, hakka, tamoul et bien d'autres langues se côtoyaient… Pour preuve de leur malheur, je découvrais l'ultime information : l'ONUDC, l'Office des Nations unies contre la drogue et le crime, venait de classer l'île Maurice au cinquième rang mondial pour la consommation de drogue. Ce n'est pas tout… j'en découvrais d'autres… Ils ont annulé le concert d'Enrico Macias pour différends politiques. Le paradis est devenu une poudrière. Je la sentais prête à exploser sous nos pieds.

Adrien a avalé sa quiche. Il a fini par dire :

– Ouaiche…. C'est comme partout.

– On y va alors, ou pas ?

Je lui ai offert une de mes plus belles grimaces.

– C'est vraiment pour te faire plaisir…

J'ai hurlé intérieurement : « Merci Adrien ! Oui, ça me fait plaisir. »

Je l'ai fermée.

J'ai filé acheter de la crème solaire, des maillots de bain.

– Tu veux que je t'en achète un, Adrien ?

Il a haussé les épaules. Je lui en ai acheté trois.

32

J'ai glissé une enveloppe sous le sapin. « FAO » en grosses lettres.

– Tu lui files aussi des étrennes ?

J'ai acheté le calendrier des sapeurs-pompiers, des sacs à sapin, des cartes à l'Unicef, je laisse des pourboires au restaurant, aux chauffeurs de taxi, j'ai donné des étrennes à la concierge, et maintenant à Fao.

Ma vie se jalonne de sourires.

« Merci madame. C'est gentil, mademoiselle. »

J'aime faire plaisir. Les commerçants m'accueillent désormais avec chaleur.

– Vous voici en vacances, ma chère Fao !

Ça l'a déboussolée. Ignorant ce terme, j'ai dû lui expliquer.

– Les vacances, c'est ne rien faire, mais être quand même payé.

Dubitative, elle me regardait, l'œil inquiet. N'étais-je pas en train de la virer plutôt ? Habituée aux entourloupes, que voulait dire ce cadeau ? Pourquoi lui faisait-on une fleur ? Au nom de quoi lui offrait-on quelque chose ? Qui voulait lui faire avaler qu'on mêlait profession et amitié ?

Je suis allée chercher mon *Petit Robert*. « Vacances : Temps de repos excédant quelques jours, accordé légalement aux employés, aux salariés. »

– Vous voyez ! C'est marqué dans le *dictionary* ! Vous récupérez votre poste quand les vacances sont finies !

Elle a quand même esquissé un minuscule sourire.

33

– On va passer un Nouvel An aux petits oignons.

Adrien était cynique en déposant nos valises sur le tapis, à l'aéroport. Ça sentait l'arnaque à plein nez.

– Le salon se trouve à l'étage sur votre droite. Bon voyage.

Adrien a récupéré nos cartes d'embarquement glissées dans nos passeports. Il a plié le tout. L'hôtesse les a vus disparaître dans la poche du jean d'Adrien.

– Ne les perdez pas.

Il était déjà loin du guichet.

La nouvelle année s'annonçait merveilleuse. Je ne pouvais m'empêcher de sourire en marchant dans l'aérogare.

Reconnue par mes supérieurs, respectée par mon équipe, un train de vie honorable, ma maison tenue par une femme de confiance, désormais ma véritable employée. Un copain depuis plus de cinq ans, ça commençait à avoir de l'allure. Ma porte bleu nuit me coûtera un œil. Le prix s'oublie, la qualité reste. Les soucis m'amusaient presque.

Le policier a fait signe à Adrien. Il pouvait franchir la ligne jaune. Maintenant, c'était sûr, nous partions !

– Viens, on va au duty free.

Je me suis acheté des lunettes de soleil Dolce et Gabbana.

– Elles te mangent la moitié de la figure, t'as l'air d'un hélicoptère.

La vendeuse chez Armani a compris : Adrien et la mode…

34

Je suis verte de rage, dans l'avion qui nous reconduit à Paris. Adrien, lui, est ravi de son séjour. Nous avons pris le même avion, même date, même heure. Nous sommes allés au même endroit. Mais nous n'avons pas passé nos vacances ensemble !

PNC aux portes, armement des toboggans, vérification de la porte opposée.

Dans dix heures, je serai assise dans le taxi. Il mettra une heure pour me reconduire à la maison. Je vais reprendre le cours de ma vie. Je vais appeler Steph. Non, ma mère. Non, ma grand-mère.

Je faisais le bilan, dans la cabine de l'A 320.

– En fait, ils sont plutôt sympas.

Adrien a passé nos vacances avec Devallombrin, Trémaux, Plassenet.

P-DG, DG, escroc. C'est bien en ces termes qu'il qualifiait mon entourage professionnel normalement ? Hein, Adrien, c'est dans ces termes ?

C'était écœurant de les voir se partager les bouts

de poissons crus. Les verres d'alcool. Les blagues de potaches.

– Fallait venir avec nous. Personne ne t'en empêchait.

À la pêche au gros ? Sur un bateau lancé à fond de train, à chasser l'espadon ? Si ça l'amusait, franchement, après la première expérience, j'ai compris. Il n'a même pas vu. J'ai manqué de passer par-dessus bord au moins trois fois. Comme un morpion, je me suis agrippée. À m'en arracher les bras pour rester sur cette machine infernale. À bout de forces, je me suis vue emportée au large, entraînée, ballottée au milieu des déferlantes. Le corps gonflé d'eau, je me serais dissoute là, sans que personne ne s'en aperçoive.

Je jette mon sac à main dans le coffre à bagages de la cabine.

– Ma chère Mercier, on pourrait peut-être envisager quelque chose comme une assurance vacances rapatriement…

Trémaux en congé, Devallombrin se tournait vers moi lorsque les affaires lui manquaient.

– Faudra y penser, ma chère Mercier… Nous n'avons encore rien développé dans ce sens.

Ma robe d'été en plein hiver, l'invitation sous les tropiques ne faisaient pas de moi une camarade. Même en maillot de bain, j'étais salariée. Capable d'accomplir un exploit, certes, torpille sûrement, mais salariée tout de même. J'étais récompensée, bravo, en tant que salariée.

– Je m'occupe des animaux…

Je lui rappelai ma fonction, s'il se fichait de qui j'étais.

– Ah oui…

D'un mouvement de main, il m'a balayée de son horizon. « Ce n'est pas elle dont j'ai besoin pour ça. »

Il ne l'a même pas fait volontairement.

Je suis restée employée, tandis qu'Adrien devenait leur compagnon.

Mesdames et messieurs, nous allons procéder au comptage des passagers. Veuillez rejoindre votre siège afin de nous permettre de vérifier notre effectif.

– Et le golf ?

Ficelé dans l'épais peignoir blanc, brodé au nom de l'hôtel, les pieds dans les savates d'éponge, Adrien attrapait le *Herald Tribune* glissé sous la porte.

– Toute seule avec vous quatre… Vous n'avez parlé que politique, armes sous-marines, spiritueux.

– Si tu ne te détends pas ici, je ne sais pas où tu te détendras…

Il se laissait tomber sur le canapé du bungalow comme si c'était le sien depuis toujours.

Lunettes polarisantes sur le nez, sacs remplis des blagues les plus lourdes, les quatre larrons revenaient hilares de leur chasse au marlin.

Haaaaaaa ! Le concert de rires gras n'en finissait plus.

Adrien leur en avait mis plein les mirettes. D'ordinaire si lent, il était à l'heure aux dîners, avait réussi à planter sa lance dans le dos du poisson le plus rapide du monde.

Pendu par la queue à une potence, le corps inerte de l'animal était exhibé aux yeux et flashs des touristes. Le héros posait, glorieux, aux côtés de son trophée, de ses compagnons de chasse.

– Bravo !

Les issues de secours signalées par un panneau Exit sont situées de chaque côté de la cabine. À l'avant. Au centre. À l'arrière. Un marquage lumineux, au sol, vous indiquera le cheminement vers les issues de secours. Emergency exit…

L'hôtel au complet, service plus clients, est venu saluer l'exploit. Un défilé à notre table.

Adrien quittait la géopolitique pour l'animation du Club Med. Quittait ses livres pour les activités nautiques, quittait ma compagnie pour celle de ses nouveaux amis.

– C'est vous, le marlin ?

Humblement, il se laissait féliciter. Ses trois nouveaux camarades se chargeaient de faire son éloge.

– Le maître d'hôtel vous offre le champagne.

– Ahhhhh !

Plassenet a vagi de satisfaction.

– À notre champion !

Personnalité de la soirée, Adrien a été servi le premier.

– Quelle lutte !

Les détails de la prouesse ont mobilisé toutes les attentions. Une épopée ! Taille, poids du poisson.

Nous connaissons très précisément la trajectoire, les ruses, le nombre de virages effectués par le monstre marin.

Assez de nourriture pour un festin :

– Demain soir, le chef propose de cuisiner le marlin !

Un tonnerre d'applaudissements.

Les ceintures de sécurité s'attachent et se détachent de cette façon. Your seatbelts fasten and unfasten like this.

– Mademoiselle Mercier, comment s'appelle ce type auquel on a vendu les contrats « haras » ?

Toujours présente. Fidèle au poste, je n'avais pas le courage, même pas l'idée de lui refuser l'information.

– Monsieur Canonnier.

Le renseignement pris, tous se détournaient, reprenaient leur discussion.

– C'est la seule image que tu leur renvoies.

À peine rentré du dîner, arrosé, c'est tout ce qu'Adrien trouvait à dire de cette situation. Il se glissait déjà dans le lit.

Devallombrin voulait noter le nom de la baie aux dauphins ?

Je sortais un stylo de mon sac. Employée modèle, j'avais du mal à me défaire de mes bonnes habitudes. Sans horaires fixes, j'étais plus disponible encore.

– Qu'est-ce que t'as besoin de te ruer pour lui trouver son stylo ? Laisse-le se débrouiller. Il n'en a pas, il se déplace.

– Si j'en ai un ? C'est quand même un peu débile de ne pas le prêter.

– T'as toujours tout.

Il disait ça comme on évoque une tragédie.

Je restais debout tandis qu'il calait sa nuque sur l'oreiller, bâillait largement. Il fermait les yeux. Il allait s'endormir avant même que je ne me sois lavé les dents.

La pandémie du mépris. Adrien, contaminé, me prenait pour son escorte. C'est moi qui l'accompagnais bientôt.

En cas de dépressurisation de l'appareil, des masques à oxygène tomberont automatiquement devant vous. Tirez sur le masque pour libérer l'oxygène. In case of dropping cabin pressure, the oxygen masks will automatically drop down in front of you. Pull the mask to release the oxygen. Placez le masque sur le visage et respirez normalement.

La joie grandissante d'Adrien se transformait en béatitude. L'extase insolente, difficile à dissimuler, demeurait affichée sur son visage.

– T'as passé une bonne journée ?

Comment pouvait-il poser une telle question ? J'hésitais à me mettre aux mots fléchés. De la terrasse de notre bungalow, je savais précisément qui se rendait, quand, avec qui, à la piscine, à la plage, au spa. J'avais assisté au ballet des hommes et femmes de chambre. Tandis qu'on refaisait le lit, qu'on changeait la corbeille de fruits sur la table basse, je partais faire un tour dans le jardin. Ne pas avoir l'air de ce que j'étais : désœuvrée.

J'en arrivais à regretter la pluie, mon bureau, ma voiture, ma femme de ménage. Là, au moins, j'étais dans mon élément.

– T'a pas vu mes baskets vertes ?

Ravi, il filait se dessaler dans la salle de bain.

– Si on dînait tous les deux ?

– Comment ?

L'eau tombait, fracassante, sur les muscles endoloris de l'athlète.

– Si on ne dînait que tous les deux ?

Même en hurlant, j'avais du mal à capter son attention.

– Tu m'en reparles quand je sors de la douche ? Faut grouiller. On flambe le homard à vingt heures, a dit Patricia, non ?

– C'est ça.

La torpille devenait secrétaire. Qui venait prendre du repos ? Qui invitait l'autre dans cette histoire ?

– Allô ? Ah, bonjour Françoise... Oui ? Ah ? Ils ont réservé le bateau pour 9 h 30 ? Bien... D'accord. Je lui dis. Parfait.

En cas de nécessité, prenez le gilet de sauvetage, sous votre siège ou au bas de l'accoudoir de votre fauteuil. Placez la tête dans l'encolure. Attachez et serrez les sangles.

– Pourquoi tu ne vas pas avec Françoise, Patricia et Mireille ? Elles ont l'air de passer de bons moments.

Il me proposait d'aller m'« emmerder » avec leurs femmes.

Après une année chargée, j'espérais un moment

de détente avec celui qui partage ma vie. Je n'avais aucune envie de rejoindre le groupe de celles qui se les roulent. Ce n'était pas ma place. Je n'étais pas comme elles. Je n'étais pas une accompagnante, moi. Je décidais de ma vie, moi.

– Qu'est-ce que tu voudrais faire ? il demandait à court d'inspiration.

– Aller à la plage… discuter…

– Je passe chez Plassenet, je te rejoins.

Sa bonne humeur ne le quittait plus.

Une demi-matinée, allongés sur nos serviettes.

– T'as vu comme la mer n'a pas la même couleur ici ?

Je faisais couler le sable blanc entre mes doigts.

– Ouais.

– On se croirait dans une piscine tant l'eau est claire.

– C'est vrai.

Le sable formait une petite pyramide éphémère sous ma main. J'en reprenais immédiatement une poignée.

– T'as mis de la crème ?

– Oui.

– Il est vachement bon, le jus d'orange.

– Délicieux.

Son enthousiasme était sans borne.

– En plus, il est bien frais.

Je plongeais mes deux mains dans la finesse des minuscules grains. Deux petites bosses se formaient de chaque côté.

– Il te voulait quoi, Plassenet ?

– Me montrer une connerie sur Internet.

Adrien a passé une heure dans leur chambre.

– On est bien, non ?

Le sable s'échappait au rythme du temps qui s'écoulait.

La notice que nous vous présentons contient les consignes de sécurité. Veuillez consulter l'exemplaire placé devant vous.

Adrien regardait les bouteilles de plongée, hissées à bord du Zodiac, en même temps que Trémaux et Devallombrin.

J'enfonçais mes pieds dans la chaleur des grains blancs, chauffés par le soleil de plomb.

Deux hommes apportaient les sandwichs, les boissons nécessaires à la sortie en mer.

Les yeux rivés sur l'embarcation, Adrien vivait les préparatifs comme s'il faisait partie de l'expédition.

Le lieu paradisiaque ne suffirait pas à calmer ni mes doigts ni mes orteils, qui s'enfonçaient plus loin, de façon régulière, automatique, dans le sable.

– Si ça te démange, vas-y.

J'avais beau faire, je ne me détendrais pas. Une machine à compter les secondes. Un sablier. Mes membres avaient réussi à reformer les réservoirs de mesure du temps perdu. Le soleil devenait une boule de feu, accrochée dans le ciel. Infatigables, ses rayons me cramaient la peau. J'avais beau me camoufler sous le parasol de paille, je brûlais vive. Le sable malaxé reprenait inlassablement sa forme initiale. Refusant mon intervention sur lui, il en effaçait l'empreinte, si minuscule soit-elle.

Le moteur du Zodiac rugissait, agressif, dans la baie. Qu'il s'éloigne. Vite.

– On a dit qu'on passerait la journée ensemble, on la passe ensemble. J'irai demain.

Offert à la chaleur des rayons, tout plaisait à Adrien, de façon égale. La sortie en mer avec ses amis, la plage avec moi.

Adrien n'a pas dit : « Je préfère rester avec toi. » Il a dit : « J'ai promis, je tiens parole. »

Les plagistes replaçaient un matelas, ôtaient un brin de paille sur une serviette.

– Nous avons encore une place dans le Zodiac !

Les trois ne pouvaient plus se passer du quatrième larron.

– Bonne plongée !

Adrien se redressait pour saluer les sportifs depuis son transat.

– Ça fait une demi-heure que tu les regardes comme un affamé devant le buffet.

Je retirai mes mains poussiéreuses de la masse imprenable.

– Tu vois bien qu'ils insistent. On va m'accuser de te « tenir ».

Les autres femmes agitaient des mains ravies devant leurs conquérants prêts à prendre le large.

C'était insultant de le voir courir comme un gosse ayant obtenu la permission de sa mère.

Le silence est revenu lorsque le Zodiac a quitté la baie.

Mon appareil à mesurer le temps n'a eu aucune prise sur la plage. Lisse, comme si personne n'y avait jamais posé le pied.

En vue de notre décollage, veuillez redresser le dossier de votre fauteuil et ranger votre tablette. Merci de votre attention.

« Si on te claque la porte au nez, rentre par la fenêtre. »

– Demain je viens au tennis !

L'espoir d'être acceptée persistait malgré tout.

Du lancer de boulets de canon ! Impossible de rattraper une seule balle. J'ai même cru que Trémaux faisait exprès de me viser.

J'ai préféré arrêter avant de m'en prendre une dans le ventre.

– Vous nous ramassez les balles, ma petite Mercier ?

– Pourquoi tu n'as pas refusé ?

C'est vrai, ça, pourquoi je n'ai pas dit à ce con de Trémaux de se les ramasser lui-même, ses balles ? J'ai couru deux fois plus que les quatre joueurs réunis.

– Je croyais que ça te gonflait. Que Plassenet était un escroc.

Je tournais autour d'Adrien comme un moustique, dans le vestiaire du spa, alors qu'il retirait ses chaussettes blanches, prêt pour sa séance de sudation relaxante.

– Il est drôle.

– Tu le traitais de planche pourrie.

– Je ne bosse pas avec.

– Pourquoi Trémaux ne m'aime pas ?

Il m'évitait, me tenait à distance.

– Parce qu'il est con.

– Et parler avec un con, jouer au tennis avec un escroc, alors que t'en as pas besoin, ça te dérange pas ?

– Tant qu'il ne me fait pas de tort.

On pouvait côtoyer le truand, le trouver intéressant, sans être forcément d'accord avec ses agissements.

Tant qu'on n'étranglait pas la grand-mère, on pouvait être ami avec l'assassin.

– Ben tu vois, moi, c'est tout le contraire. Si je n'avais pas besoin d'être aimable avec eux, je ne leur cirerais pas les pompes !

– …

Ça a résonné dans la pièce comme si quelqu'un d'autre l'avait hurlé à ma place.

– C'est pas ce que je voulais dire.

Qu'est-ce que je venais de dire ? Ce que je voulais dire… Est-ce que je cirais des pompes ?

Adrien n'a pas relevé. Après s'être entouré le bas-ventre d'une serviette-éponge :

– Je vais au sauna, il a dit. Je ne reste pas longtemps, il a ajouté.

Je l'ai regardé rejoindre la cabine de bois, derrière la piscine. Une fine cascade complétait le tableau. Quelques roches plus sombres évoquaient les jardins zen.

Sans faire de bruit, un jeune Indien, vêtu de blanc, s'est approché de moi.

– Je peux vous proposer un thé au gingembre, madame ?

– Non merci.

J'aurais pu hurler dans cette sérénité débordante.
– Bonne soirée, madame.

Mesdames et messieurs, nous vous rappelons que ce vol est non fumeur. Nous vous demandons de respecter cette consigne. Fumer dans les toilettes peut entraîner des poursuites judiciaires. Ladies and gentlemen…

J'ai passé le quatrième jour de vacances enfermée.
– Chuuuut !
Adrien faisait un boucan de tous les diables en jetant ses palmes sur la terrasse.
– J'écoute France-Inter !
– Avec ce soleil ?
Il était dommage de ne pas profiter de mon écran total.
– Chuuuuuut !
Il faisait trop de bruit en ouvrant la baie vitrée. Il n'était pas le seul à avoir des centres d'intérêt. Je me découvrais une passion pour les émissions culturelles.
La retransmission Internet me permettait, à des kilomètres de là, d'entendre ce qui se passait dans l'Hexagone.
Dieu plein de force. Un essai littéraire à paraître.
Adrien traversait la chambre sur la pointe des pieds.
L'auteur interviewé par une jeune journaliste semblait passionnant. Je ne voulais pas en perdre une miette.
– Michel Opoil, bonjour.
– Bonjour.

– Vous êtes physicien et vous publiez un roman-essai chez Pensées globales. Dieu revient parmi les vivants sous la forme d'un homme lambda. Il se fond au milieu des êtres de sa création. Comment vous est venue cette idée ?

– Je me suis toujours posé beaucoup de questions. Sur la vie, bien sûr, mais aussi sur l'utilité de notre existence. Qui sommes-nous dans l'univers ? À quoi servons-nous ? Quelle est notre importance dans cette immensité ? Tout ce qui fait l'essence de l'homme. Sa force, ses faiblesses. Ce qui le rend si fascinant.

– Michel Opoil, j'observe dans votre livre l'absence totale de femme. Lorsque l'on parle de l'homme, de l'humanité, que ce soit d'un point de vue scientifique ou sociologique, considère-t-on le monde de façon essentiellement masculine ? Est-ce à dire que l'homme est l'unique référent de l'être humain sur terre ?

Rire un peu gêné de l'auteur.

– Oui… C'est vrai… Vous avez raison… Ce sont… Tout de même… loin de là mon envie de les justifier, des valeurs culturelles ancestrales.

– Dieu porte une barbe. C'est un homme. Ne pourrait-on envisager Dieu dans un corps féminin ?

Deuxième rire de l'auteur.

– Écoutez, le monde a construit ses valeurs sur l'archétype masculin. Un monde d'hommes dans lequel évoluent les femmes.

– Connard !

Je lui ai coupé la parole. J'ai éteint cette saloperie.

– Pardon ?

Adrien passait la tête par la porte de la salle de bain.

– Rien !

J'ai claqué la baie vitrée en sortant.

Mesdames et messieurs, je suis monsieur Mifsare, votre commandant de bord. Notre vol à destination de Paris CDG sera de neuf heures et douze minutes, pour une arrivée heure locale aux alentours de 7 heures et 15 minutes. Les conditions météo sur la route sont bonnes.

J'ai récupéré mon chapeau de paille sur la terrasse.

J'ai arraché une fleur sur le chemin. Mon geste avait une incidence. La tige étêtée témoignait de mon passage. J'existe, c'est rassurant. Je me suis assise au bord de la piscine. Personne à part moi.

Tant d'efforts anéantis. Ces trois hommes me considéraient comme une des leurs, j'avais cru. Devallombrin en personne m'a invitée à partager son voyage. À quoi ça sert, si c'est pour m'ignorer ?

Soirée marlin, politique ou sportive, la table était séparée en deux, chaque soir. Une discussion d'hommes, l'autre de femmes.

Ladies and gentlemen, this is commandant speaking…

Je n'irai pas rejoindre les alanguies sur la plage. Rejoindre Françoise, Patricia et Mireille, c'était accepter les coulisses du théâtre. Que faisaient-elles toute la journée à part se badigeonner de crème solaire, attendre le retour des explorateurs.

De quoi parlaient-elles à part de dîners ? Non, non, me joindre à elles, c'était me résoudre à « évoluer » en parallèle du monde animé par d'autres.

Mesdames, messieurs, nous traversons actuellement une zone de turbulences. Pour votre sécurité, veuillez regagner votre siège et attacher votre ceinture, jusqu'à l'extinction de la consigne lumineuse.

Comme celui qui craint la pauvreté, fuit le miséreux, celui qui craint la souffrance, fuit le malade, je fuyais les « laissées de côté ». La peur de ressembler aux désœuvrées me faisait les haïr. L'envie de me sentir différente me poussait à les dédaigner comme je l'étais des trois hommes. Je devenais misogyne.

« Si on les méprise, c'est qu'elles le méritent », je voulais penser. Ceux qui ratent, c'est parce qu'ils ne font pas assez bien. J'avais raté quelque chose, je devais trouver quoi.

Mesdames et messieurs, en vue de notre prochain atterrissage, nous vous demandons de rejoindre votre fauteuil. Votre ceinture de sécurité doit maintenant être attachée, le dossier redressé, votre tablette rangée. Nous vous rappelons que l'utilisation des téléphones portables n'est autorisée qu'après l'arrêt complet de notre appareil.

– Si je ne peux pas venir avec vous, c'est parce que je ne suis pas un homme ?

Adrien secouait la tête.

– Non. C'est parce que tu joues mal au tennis, que le golf te gonfle, le bateau t'effraie, que la politique t'ennuie, les blagues ne te font pas rire.

Pathétique : s'ils me refusaient parmi eux, la cause en était ma médiocrité, m'annonçait Adrien. Je ne savais rien faire.

– À part un qui est con, parce qu'il a peur de se faire piquer le fromage, les autres ne te rejettent pas.

– Ils s'en fichent, c'est pire.

– Vous n'avez pas les mêmes centres d'intérêt.

Et pourquoi n'avions-nous pas les mêmes centres d'intérêt ? Hein ? Pourquoi ? On les avait bien toute l'année.

Quel Sésame Adrien possédait-il pour être admis en trois jours, lorsque je frappais à la porte depuis des années ? C'était moi que Devallombrin avait invitée. Pourquoi c'était avec Adrien qu'il discutait ?

J'avais besoin de réponses exactes.

– Tu es sûr que ce n'est pas parce que je suis une femme ?

Aurais-je été applaudie de la même façon si j'avais réussi à planter ma lance dans le dos d'un crocodile ? Je préférais la discrimination au mépris.

Nous sommes arrivés à Paris CDG. Il est 7 h 45 et la température extérieure est de trois degrés Celsius. Votre ceinture de sécurité doit rester attachée jusqu'à l'extinction de la consigne lumineuse. Nous vous rappelons que l'utilisation des téléphones portables n'est autorisée qu'après l'arrivée à notre point de stationnement. Lors du débarquement, nous vous demandons d'ouvrir les coffres à bagages avec précaution, afin d'éviter la chute éventuelle de tout objet. Merci d'avoir voyagé sur ce vol Air France. Au nom d'Air France-KLM et ses partenaires Skyteam, nous vous souhaitons une agréable journée, un bon voyage si vous êtes en correspondance. Pour votre information, notre porte d'arrivée est située au terminal 2G.

Je me suis rabattue sur le cercle des oisives, pour les deux derniers jours. Ce sera reposant, au moins. Et tant pis pour les sujets de conversation. Tant pis pour ma déception de m'être vu refuser l'entrée au sérail. Je décidai d'aller partager les oranges pressées, les badigeonnages de crème et anecdotes sans importance.

C'était pire !

L'oisiveté de ces dames n'existait que pour les naïfs !

Je suis restée assise, silencieuse, à côté de trois négociatrices cuirassées.

Elles ne se sont badigeonnées de crème qu'entre deux conversations téléphoniques. Un concert de sonneries pendant deux jours. Si elles ne sautaient pas à bord d'un Zodiac, c'est qu'elles avaient trop d'affaires en cours.

Les investissements, les échanges de services rendus étaient au cœur de chacune des conversations !

Sans enfoncer leur lance dans le dos d'un poisson, elles transperceraient volontiers la première échine en travers de leur route.

Pendant deux jours, j'ai contemplé Devallombrin, Plassenet et Trémaux en bikini.

La hiérarchie était la même ici.

Françoise Devallombrin, comme son mari, avait droit à la parole la première. Aussi longtemps qu'elle le souhaitait. Elle plissait les yeux lorsqu'elle menaçait son interlocuteur de « cuisantes représailles » si cette acquisition lui passait sous le nez. Patricia n'accepterait de « toucher deux mots de cette affaire » au préfet qu'après l'assurance de voir maintenue sa soirée au profit du diocèse de Sainte-Bénédicte. Mireille Trémaux ne s'autorisait à mobiliser l'attention qu'une fois Françoise et Patricia épuisées. Le statut offert par son mari ne lui permettant pas d'exiger, elle souhaitait ce que les autres ordonnaient.

N'étant la femme de personne, je prenais la parole lorsqu'on me la donnait.

– Ma petite Sibylle, vous voulez bien commander des oranges pressées ?

– Oui, bien sûr.

Là encore, je ne pouvais m'empêcher de bondir pour accéder aux demandes.

La conversation reprenait son cours.

Seule Mireille m'épiait parfois, du coin de l'œil. Celui des minables, de ceux qui peinent, qui triment. Pour lesquels rien n'est facile. Elle tournait la tête, prenant soin de ne jamais croiser mon regard.

35

Ma porte, mon entrée, mon salon, ma cuisine, ma bouilloire, mon frigo.

Dans trois jours, Fao va franchir le seuil de l'appartement.

– Hello madame.

Tout va redevenir comme avant.

Je tourne le robinet d'eau froide. L'eau s'écoule, vigoureuse.

Si l'eau coule, ce n'est que par mon action.

J'ouvre la porte de ma chambre, celle de la salle de bain. Les poignées s'abaissent. Chaque objet réagit comme prévu. Ouf.

Je suis tout à fait la même avant et après avoir tourné le robinet.

Le décor est là. Il restera immuable tant que je n'agirai pas dessus. C'est une certitude.

Je ne serai traversée par aucune émotion. C'est ça dont j'ai besoin.

Je suis comme mon robinet, ma bouilloire, mon lavabo. On agit sur moi sans que j'agisse sur personne. Même pas sur Adrien. D'humeur toujours égale, rien ne le traverse, ni le chaos, ni le calme.

Même pas moi. Lui qui arrive à vivre partout, avec tous, même ceux qu'il ne connaît pas, sans moi.

J'ai besoin de marquer mon territoire, Adrien, de « pisser » sur les murs, parce qu'ainsi je sais que j'existe. Se savoir vivant, c'est merveilleux. Si je ne peux ordonner, gérer le cours de ma vie, je peux le faire avec les objets. Je me construis une relation avec eux.

Ils ne sont pas toujours obéissants. Parfois, même l'un d'eux vient à tomber de son étagère. Je dois lui accorder une meilleure place. Chaque objet a droit à la sienne, claire, définie.

Le savon va dans la salle de bains. Le beurre dans la porte du réfrigérateur. Si je n'en prends pas soin, alors ils se brisent, s'altèrent. Si je leur trouve le bon endroit, la bonne exposition, ils se tranquillisent.

– Je pense que le mieux serait que tu t'en ailles, j'ai dit à Adrien, de retour dans mon salon.

Je ne me suis pas assise parce qu'il était allongé sur le canapé.

Tant qu'il serait là, je n'aurais pas de relation propre avec mon canapé. Le coussin bougerait, me ferait bouger, sans que j'aie rien fait pour ça.

Adrien s'est redressé. Le poids de son corps avait creusé le canapé dans son centre. Dès qu'il aura disparu, je vais tapoter les plumes. Je regonflerai la masse écrasée.

– Comment ? il a demandé, une fois droit.

Il ne comprenait pas ce que je venais de lui dire. Il ne m'a pas interrompue pour la suite.

– Tant que tu marcheras dans ce salon, je ne serai qu'un des deux occupants de cette pièce.

Adrien a son existence propre.

Je sais maintenant : lui et moi ne formons pas une simple paire. Tant que tu boiras dans un verre, sur la même table que la mienne, je serai celle qui boit dans l'autre verre. Un des deux verres sera obligatoirement rempli avant l'autre. Je me sentirai mal de remplir le mien avant le tien. Je remplirai sûrement le mien après le tien, alors le mien sera le dernier servi. Je mangerai avec l'autre fourchette, dans l'autre assiette. Tant que tes vêtements seront pendus sur le portant, dans le dressing, mes vêtements seront pendus sur l'autre portant. Il y aura toujours un portant mieux que l'autre, n'est-ce pas ?

Je n'attendais pas de réponse, il a compris.

Je mangerai l'autre moitié de concombre. Je prendrai l'autre brosse à dents. J'enfilerai les autres chaussures. Je lirai l'autre livre. Je serai à ta droite ou à ta gauche. Je t'écouterai ou te parlerai. Je marcherai devant ou derrière toi. Je serai plus ou moins intéressante que toi, plus ou moins drôle que toi. Je gagnerai plus ou moins d'argent que toi. Je poserai la question, tu y répondras. Aurai-je mal posé la question, est-ce toi qui auras mal répondu ?

Je conduirai la voiture ou serai conduite.

Ma place sera-t-elle plus confortable au milieu des hommes ou des femmes ? Quand et comment aurai-je droit à la parole ? Quel statut m'offriras-tu ?

Je paraîtrai plus jeune ou plus vieille que toi. Je mourrai avant ou après toi. Tant que tu seras là, je vivrai par rapport à toi. C'est comme ça. J'ai compris.

C'était la première fois que je voyais Adrien, droit. Sa tête était alignée avec son cou, ses épaules à la même hauteur, ses genoux pliés côte à côte, ses pieds l'un à côté de l'autre. Ses mains ? Elles ne faisaient aucun mouvement, ne tenaient rien, même pas de livre. Elles pendaient, je crois, de chaque côté, elles aussi. C'était si harmonieux.

Adrien s'est levé, malheureusement. Il a mis sa tête dans tous les sens. Il l'a secouée pendant un long moment. Il a même passé sa main dans ses cheveux. Il était tellement décoiffé que je ne pouvais plus voir ses yeux. Il a soupiré. Il a bougé ses pieds, ses mains. Son corps s'est déstructuré.

– Ah putain. On vient de passer une semaine géniale. Tu délires. Je n'y comprends plus rien. Ah putain. T'es toquée. Qu'est-ce que je t'ai fait ? T'as quelqu'un d'autre. Ah putain. Tu veux pas réfléchir un peu ? Si c'est ce que tu veux. Ah putain.

Il a dit plein d'autres phrases dans le même genre.

– Le mieux serait que tu t'en ailles.

Je ne pouvais plus le regarder tant il bougeait. De minuscules mouvements désordonnés. Parce que je ne pouvais plus me demander ce qu'il allait faire maintenant, je ne pouvais plus le regarder. Quand, comment, vers où allait-il se déplacer ? Je ne savais plus si j'étais pour quelque chose dans son expression ou si c'était son expression, tout simplement. Avec ou sans moi.

Il a pris le couloir qui mène au dressing.

Que faisait-il ? Quelles affaires bougeait-il pour que ça fasse autant de bruit ? Était-il énervé ? Non, non, Adrien n'était jamais énervé. Était-il perdu ? Non, non, Adrien n'était jamais perdu.

Il est revenu après un long moment.

Il s'est arrêté devant moi. Son visage était parfaitement lisse. Ses grands yeux se sont posés sur moi. Il ne m'avait jamais regardée comme ça. Je me demandais ce qu'il regardait. Comme s'il y avait autre chose que mes yeux, mon nez, ma bouche, à regarder. J'étais l'autre personne, mais j'étais bien là. Debout, devant lui. Était-il triste ? Non, non. Soulagé. C'est ça. Il devait se sentir soulagé.

Il a mis sa main dans sa poche. Un ticket de métro froissé est tombé sur le parquet. Il s'est baissé. Il a récupéré le ticket froissé. Il l'a remis dans sa poche. Il a posé des clés sur la table basse.

Il est parti.

Personne n'est plus entré ni sorti de mon salon. Personne à part moi n'a plus poussé ma porte d'entrée ni dans un sens ni dans l'autre.

Que s'est-il passé ? Fao ? J'ai attendu trois jours. Notre vie allait s'organiser, simplement, ça, j'en étais sûre.

Je ne connais rien de vous, en dehors de cet appartement. J'achèterai la confiture, vous la placerez dans le bon placard, je pensais. Je placerai de l'argent dans la boîte à l'entrée, vous ne prendrez que ce dont vous aurez besoin pour remplacer les produits. Il ne manquera rien. Tous les jours à la même heure, vous pousserez la porte. Tous les jours à la même heure, vous refermerez la porte. Que je dérange les objets ou non, ils reprendront leur place. Vous étiez Fao, moi la patronne.

Fao n'est jamais revenue.

Sans un mot, sans un coup de fil, elle a disparu.

– Elle est restée dans sa famille, c'est évident, m'a dit Steph en ouvrant le dossier sur le meeting du Mans.

Qu'avais-je raté ?

J'ai posé la casserole sur le rebord de l'évier. Les pâtes brûlantes fumaient.

Je les ai mangées. Toutes. Je n'ai pas lavé la casserole. Je n'ai pas placé mon assiette dans le lave-vaisselle. Ni le verre ni les couverts. Ils sont sales. Et c'est moi qui les ai salis. Tous ! Ils ne reprendront leur place que lorsque je le déciderai. Rien ne sortira plus d'ici sans décision de ma part. Rien n'y entrera non plus.

Que Fao reste où elle se trouve puisqu'elle respire ailleurs.

Une joie immense s'est emparée de moi. Je suis entrée dans mon bureau. D'une brassée, j'ai attrapé les factures. L'électricité, le téléphone, l'eau, le parking, le pressing, à la poubelle ! À vos marques, prêts : j'ai tout jeté. Je paierai ce que je voudrai, quand je voudrai !

L'euphorie me gagnait. En avant la musique ! Déboulé, déboulé, Sissonne ! Je dansais dans mon appartement.

Quand je quitterai une pièce, j'éteindrai la lumière. C'est parce que je n'y serai plus. J'apporterai le jour, la nuit, le jour, la nuit. À mon commandement : lumière ! À mon commandement : obscurité ! Ah, ah, ah ! L'interrupteur m'obéissait au doigt et à l'œil ! Quand je repeindrai les murs, j'en choisirai la couleur. Rose. Vert. Rouge.

Je contemplais mon royaume.

Maintenant c'est mieux.

Je vais retrouver mes affaires comme je les ai laissées en partant. Garde-à-vous ! Les portes seront ouvertes. Les produits ne sortiront des placards que par ma volonté.

Quel bonheur !

Maintenant c'est mieux.

Assise dans mon salon, je joue au solitaire. Je gagne à tous les coups. Plus une chaussette ne traîne sous la table basse. Je ne regarde même plus.

Je n'ai plus jamais peur d'arriver en retard au bureau. Je sais où j'ai posé mes clés. Je sors la voiture du parking. Elle y retournera ce soir. Je la reprendrai demain.

Quand le téléphone sonne, c'est obligatoirement pour moi. Il ne sonne jamais.

Je n'ai plus rien à demander à personne. Plus à rendre de service rendu.

Ce que je construis n'est plus démoli par personne.

Maintenant c'est mieux, je me dis en refermant mon tube de dentifrice. Maintenant c'est vraiment mieux. Sauf que maintenant j'ai peur de savoir ce que je vais devenir, seule, bientôt vieille, bientôt moche.

J'en pleurerais.

Sylvie Testud
dans Le Livre de Poche

Le Ciel t'aidera n° 30751

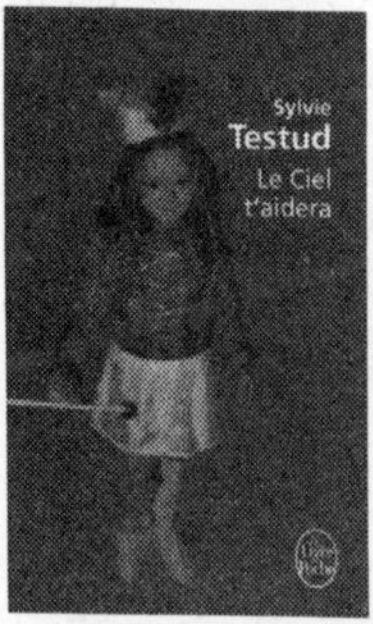

« T'as peur, t'as peur de tout, sauf du ridicule », m'a dit mon copain qui est d'une mauvaise foi sidérante ! « Il n'y a aucun danger dans cette maison, à part toi ! » il a rajouté. [...] Si le courage peut se mesurer à la peur à surmonter, alors je me proclame la fille la plus courageuse du monde. Je ne suis quand même pas la seule fille qui balise à l'idée de dormir seule ? Je ne suis pas la seule fille à dire que se garer dans un parking non surveillé, la nuit, ça fout les jetons ? C'est pas moi qui invente les cambriolages ? Les dingues qui vous guettent au coin de la rue ? Les monstres pervers pires que des loups ?

Gamines n° 30974

« Qu'est-ce que tu faisais dans la chambre de maman ? – J'ai volé une photo. Une toute petite photo. – Tu lui ressembles tellement », a dit ma sœur. J'ai mis la photo dans la poche de mon jean. Je me suis assise dessus pendant trente ans. « La photo est ressortie de ma poche ! j'ai dit à mes sœurs. J'ai vu l'homme de la photo ! – Qui ? – Celui qui porte le même nom que nous, le même nom que moi. Ce n'est pas une photo, c'est un homme ! » J'ai donc un père. Que dois-je faire ? Trente ans que je réponds : « Je n'ai pas de père. Je n'ai qu'une photo. » Devant les mines compatissantes, je réponds depuis trente ans : « Je n'ai pas de père, mais je m'en fiche, c'est comme ça. »

Il n'y a pas beaucoup d'étoiles ce soir n° 30264

Énervée. Affamée. Exténuée. Terrorisée. En retard. Frigorifiée. Les journées, pour Sylvie Testud, sont une succession de moments intenses. Elle nous emmène à une interview au Plaza, sur un tournage en japonais, acheter du plâtre au BHV, faire l'amour devant vingt personnes pendant huit heures, essayer des robes chez Chanel pour les Césars, tout en refusant d'embrasser un serpent ou de sauter par la fenêtre… Le quotidien d'une actrice, en somme. Sauf que Sylvie Testud fait montre d'un regard ultralucide. Comment entre-t-on dans un rôle ? Comment apprend-on à l'aimer, comment le quitte-t-on, comment dire non, comment dire oui ? Où est la limite entre la vie qu'on vit et la vie qu'on joue ? Et si notre existence était un interminable casting ? Décalée, d'une voix qui ne ressemble à aucune autre, drôle et sans concession, Sylvie Testud éteint les feux trompeurs de la rampe, et l'on découvre qu'il n'y a pas beaucoup d'étoiles ce soir.

Du même auteur :

IL N'Y A PAS BEAUCOUP D'ÉTOILES CE SOIR, Pauvert, 2003.

LE CIEL T'AIDERA, Fayard, 2005.

GAMINES, Fayard, 2006.

Composition réalisée par NORD COMPO

Achevé d'imprimer en février 2012 en France par
CPI BRODARD ET TAUPIN
La Flèche (Sarthe)
N° d'impression : 67767
Dépôt légal 1re publication : mars 2012
LIBRAIRIE GÉNÉRALE FRANÇAISE
31, rue de Fleurus – 75278 Paris Cedex 06

31/6224/5